쥐뿔도 없는 회귀

쥐뿔도 없는 회귀 4

목마 퓨전 판타지 장편소설

초판 1쇄 찍은 날 | 2018년 4월 11일
초판 1쇄 펴낸 날 | 2018년 4월 18일

지은이 | 목마
펴낸이 | 예경원

기획 | 위시북스
편집책임 | 이규재
편집 | 이즈플러스

펴낸곳 | 예원북스
등록번호 | 제396-2012-000132호
등록일자 | 2012. 7. 25
KFN | 제1-241호

주소 | 경기도 고양시 일산동구 호수로 646-24 위너스21 II 빌딩 206A호 (우)10401
전화 | 031-819-9431 팩스 | 031-817-9432
E-mail | yewonbooks@naver.com

ISBN 979-11-6098-903-8 04810
979-11-6098-833-8 (set)

※ 이 도서의 국립중앙도서관 출판시도서목록(CIP)은 서지정보유통지원시스템 홈페이지(http://seoji.nl.go.kr)와 국가자료공동목록시스템(http://www.nl.go.kr/kolisnet)에서 이용하실 수 있습니다.

쥐뿔도 없는 회귀
4
목마 퓨전 판타지 장편소설
WISHBOOKS FUSION FANTASY STORY
Wish Books

쥐뿔도 없는 회귀

CONTENTS

1장
소림(1)

"밤새 붙어먹기라도 했어?"

스칼렛은 부쩍 거리가 가까워진 이성민과 남궁희원을 향해 그렇게 물었다. 그 말에 남궁희원이 하하 웃더니 이성민의 어깨를 두드렸다.

"무릇 사내끼리 친해지는 것에는 술 한잔과 하룻밤, 한 번의 비무로 충분한 법이외다."

"다른 것은 다 그러려니 듣겠는데 하룻밤이라는 것이 참 묘하게 들리네. 뭐 이상한 짓 한 거 아니지?"

눈을 가늘게 뜨고서 살피듯 하는 질문에 이성민이 질색하여 머리를 세차게 흔들었다.

이해가 빠른 이성민과는 다르게 남궁희원은 머리를 갸웃거리며 되물었다.

“하룻밤이 하룻밤이지. 이상한 짓이라는 것은 또 무엇이오?”

“형님, 괜한 질문은 하지 마십시오.”

“아니, 진짜 몰라서 물어보는 건데. 아우는 그게 무슨 뜻인지 아나?”

이성민은 대답하지 않았다. 남궁희원은 여전히 이해하지 못하고서 아리송한 표정을 지었지만, 스칼렛도 남궁희원에게 말뜻을 설명해 주지는 않았다.

“어쨌든. 어제 이후로 우리 둘은 의형제가 되었소.”

“너 좋겠다. 남궁세가의 소공자님이랑 의형제가 된 거잖아. 어디 가서 굶어 죽을 걱정은 안 해도 되겠네.”

남궁세가는 명문세가답게 에리아 전역에 영향력을 두고 있다. 어디 가서 남궁세가 출신이라고 말하고 그를 증명하기만 한다면 결코 나쁘지 않은 대우를 받을 수 있을 정도다.

물론 모든 곳에서 그런 것만은 아니다. 사파가 득세한 지역이라면 남궁세가와의 인연이 오히려 안 좋게 받아들여질 수도 있다.

서쪽 성문을 나선 셋은 곧바로 숭산으로 향했다. 소림의 본산이 있는 숭산은 그리 크지도 않았고 산세가 험하지도 않았다.

에리아에 소림을 세운 신불 무각대사가 대체 뭔 생각으로 이런 작달막한 산을 숭산으로 이름 붙이고 소림을 이곳에 세운 것인지는 도통 이유를 알 수가 없었다.

"말년에 노망이 든 걸 거야."

스칼렛이 물을 마시면서 투덜거렸다. 그 말에 이성민은 내심 동의했고 남궁희원이 웃음을 터뜨렸다.

만나고 동행한 지 이제 하루밖에 되지 않았지만, 이성민은 남궁희원이라는 남자가 꽤 마음에 들었다. 정파의 명문세가 소공자라는 배경에 어울리지 않게 소탈한 점 때문이었다.

"소림의 장문인인 불영대사와 오래전에 약속을 했다고 했는데. 무슨 은혜입니까?"

"아우가 궁금했던 모양이지. 왜 어제는 묻지 않았나?"

"친하지도 않는데 묻기에는 조금 눈치 보여서."

"맞아, 그때 물었으면 대답해 주지 않았을 거야. 하지만 지금은 대답해 주지."

남궁희원이 피식거리며 웃었다.

"남궁세가, 제갈세가, 모용세가, 당가. 이 네 개의 가문은 당연히 각각 후계자를 가지고 있지. 나이는 다 비슷비슷하고 실력도 고만고만해."

"예."

"우리가 아직 어릴 적이었지. 각 세가의 가주들은 세가를 하나로 통합한 단체를 만들고자 했어. 그, 왜. 무림맹처럼 말이야. 이름도 지었더군. 천룡회. 그런데 막상 만들려고 하니 문제가 생겼지. 각 세가의 가주들의 실력도 다 비슷했거든. 누구 하나를 회주로 세우자니 타 가문이 반발할 것 같고, 그렇다고 다른 가문을 압도할 만한 실력을 가진 가주도 없었단 말이야."

명문세가의 가주라는 것은 그 가문을 책임지고 통솔하는, 가문 내 최고의 고수다. 남궁세가의 제일고수로 천존검왕 남궁백이 있듯이 다른 가문에도 그에 버금가는 고수들이 있다.

"그래서 이렇게 하기로 했지. 다음 세대에 맡기기로 한 거야. 마침 나이가 비슷한 자식들도 있으니, 이놈들을 어릴 때부터 잘 키워서 잘난 놈을 천룡회의 회주로 삼자고 말이야. 그에 대한 공증인으로 나서준 것이 현 소림 장문인인 괴불(怪佛) 불영대사고."

그런 사정이 있었다는 것은 전생에서도 알지 못했다. 애초에 이성민이 전생에 명문세가와 아무런 인연이 없는 탓이기도 했고. 이성민이 죽을 때까지 천룡회라는 것은 존재하지 않았기 때문이었다.

'앞으로 못해도 8년 동안은 서로 경쟁하고 있다는 말이로군.'

과연 누가 승리하여 천룡회의 주인이 될까?

팔은 안으로 굽는다고, 이성민은 남궁희원이 천룡회의 회주가 되었으면 좋겠다고 생각했다.

그런 이야기를 나누는 중에 숭산 소림의 산문에 도착했다. 숭산은 작았지만 산문은 작지 않았다.

높게 세워진 문을 본 이성민은 압도되어 주춤거리며 뒤로 물러섰다. 스칼렛도 감탄성을 흘리면서 머리를 끄덕거렸다.

"저렇게 문짝이 크다면 말이야. 열고 닫는 것이 불편하지 않을까?"

"내가 닫는 것도 아니니 상관없소."

남궁희원은 그렇게 말하면서 성큼거리며 계단을 올라갔다. 이성민도 스칼렛과 함께 계단을 따라 올라갔다. 이성민은 미리 꺼내 품에 넣어둔 백보신권과 나한보법, 달마심법의 비급을 손으로 더듬었다.

"오랜만입니다, 남궁 공자."

산문 앞을 지키고 있던 승려가 머리를 꾸벅 숙였다. 머리털 한 올 없는 깨끗한 민머리가 햇빛을 받아 반짝거렸고, 그 반사광을 제대로 얻어맞은 스칼렛이 눈살을 찌푸렸다.

"그렇구려. 다른 후계자들은 도착했소이까?"

"그들은 어제 도착하였습니다. 남궁 공자가 가장 늦었지요."

승려가 염주를 굴리면서 말했다. 힐난하는 투는 아니었으나 지각했다는 것은 결국 사실이다.

이성민은 그 지각의 이유가 자신에게 있는 것 같아 괜히 남궁희원을 힐긋 보았다. 하지만 남궁희원은 아무렇지도 않다는 듯 오히려 웃음을 흘렸다.

"늦을 만한 이유가 있었소이다. 즐거운 만남이 있었거든."

"남궁 공자와 함께 온 두 분 때문입니까?"

승려가 이성민과 스칼렛을 힐긋 보면서 물었다. 여자인 스칼렛을 보는 눈에는 별 관심이 없었으나, 그 시선이 이성민에게 향할 때에는 달랐다. 시선에 담긴 진한 관심을 느끼며 이성민은 꾸벅 머리를 숙였다.

"맞소이다."

"아직 어린 듯한데 대단한 경지로고……."

승려가 감탄을 흘리며 중얼거렸다. 셋은 승려를 지나치고서 소림의 안으로 들어섰다.

"아우는 무공서를 소림에 반납하겠다고 했었지. 기왕 그렇게 된 것, 아예 나를 따라서 불영대사를 만나는 것이 어떤가? 아마 불영대사가 더 좋은 값을 쳐줄 듯한데."

"보상을 원하고 온 것은 아닙니다만."

"에이, 아우. 나도 알 건 아는 사람이야. 어디서 되지도 않는 구라를 치고 그러나? 소림의 비전 무공서 세 권이니 소환단 하나는 받고 싶을 것 아냐?"

정곡이었기에 이성민은 반론하지 않고 헛기침을 내뱉었다.

"불영대사는 괴팍한 늙은이야. 내가 아우를 위한 조언을 해주자면…… 불영대사한테는 구라를 치지 마. 그 늙은이, 불경 외다가 신통력이라도 익힌 것인지 남이 치는 구라는 귀신같이 알아먹거든."

"구라…… 가 아니라. 거짓말을 하면 어떻게 됩니까?"

"처맞아."

남궁희원이 정색하고 말했다.

"그 늙은이가 괜히 괴불이라고 불리는 것이 아니야. 말보다 주먹이 앞서는 늙은이지. 가끔 보면 치매라도 걸린 것 같다니까. 그런 늙은이가 어떻게 소림의 방장이 된 것인지도 모르겠어. 나이가 많아서 그런가?"

소림의 본산에서 방장을 씹어대는 것을 가만히 내버려 두어도 되는 것인가?

이성민은 진지하게 그것이 걱정되기는 했지만 굳이 말리지는 않았다.

"예나 지금이나 무례하시군요."

짜증 섞인 목소리가 끼어들었다. 남궁희원의 걸음이 멈추었다.

"당아희."

남궁희원이 중얼거렸다. 몸에 착 달라붙는 새카만 무복을 입은 여자가 성큼거리며 남궁희원에게 다가왔다. 그는 남궁희원의 뒤에 서 있는 이성민과 스칼렛을 힐긋 보더니 이어서 남궁희원의 얼굴을 노려 보았다.

"약속한 날은 어제였을 텐데요?"

"사정이 있어서 늦었소."

"당신의 개인적인 사정으로 우리가 왜 하루를 손해 봐야 하죠?"

"누가 기다려 달라고 했소이까?"

남궁희원이 되레 뻔뻔하게 묻고 나서자 당아희의 말문이 막혔다.

남궁희원은 보란 듯이 콧방귀를 뀌면서 당아희를 지나쳤다. 남궁희원이 그렇게 행동하자 당아희의 얼굴이 벌겋게 달아올랐다.

"너 되게 싸가지 없다."

"먼저 싸가지 없게 행동하는데 왜 내가 내 싸가지를 챙겨야 하오?"

스칼렛의 말에 남궁희원이 표정 하나 바꾸지 않고서 대답했다. 이성민은 남궁희원의 뒤를 따르면서 당아희 쪽을 힐긋거리며 돌아보았다. 몸을 홱 돌린 당아희와 이성민의 눈이 마주쳤다.

"……소협은 누구죠?"

당아희가 뾰족한 목소리로 물었다. 이성민에게 하는 질문이었다. 그 말에 이성민이 대답하기도 전에 남궁희원이 큰 소리로 웃었다.

"하하하! 초절정의 문을 두드리는 고수에게 소협이라니."

"초절정…… 이라고요?"

"우리 당씨 소저가 눈썰미가 많이 부족한 듯싶군. 무공 수행을 게을리한 것 아니오?"

남궁희원의 이죽거림에 당아희의 얼굴이 더욱 붉어졌다. 씨근거리는 숨을 뱉던 당아희가 뾰족한 목소리로 내뱉었다.

"그래서 저 사람이 누구냐고요!"

"소협에서 사람으로 바뀌었군. 당 소저도 참 알고 보면 그런 것에 신경을 많이 쓴단 말이오."

"누구냐고 물었잖아요!"

"내 아우라오."

남궁희원이 히죽 웃으면서 대답했다. 이성민은 한숨을 삼키면서 남궁희원과 당아희를 번갈아 보았다.

이런 상황을 위해 남궁희원이 이성민을 아우로 삼은 것이다. 어찌 되었든 이성민이 18살이라는 나이에 절정고수를 넘어 초절정의 문을 두드리고 있다는 것은 사실이었고, 그것은 누구도 무시하지 못하는 가능성과 실력을 겸비했다는 뜻이다.

남궁희원이 그런 이성민을 아우로 두고 있다는 것은 그 자체만으로도 남궁희원의 급을 올려준다.

'영리하다고 해야 할지 싸가지가 없다고 해야 할지.'

둘 다겠지.

어찌 되었든 이성민에게 나쁜 일은 아니다. 남궁희원이 이성민의 존재 자체를 이용하는 것처럼, 이성민도 남궁희원과

의형제를 맺었다는 사실을 이용할 수 있는 것이다. 남궁희원이 가진 남궁세가 소공자라는 배경은 의형제로 삼기에 과해 넘친다.

"이성민이라고 합니다."

"이성민……? 모르는 이름인데……."

"당연히 모르겠지. 그래서, 다른 후계자들은 어디에 있소?"

남궁희원이 뒷짐을 지며 물었다. 그 질문에 당아희는 입술을 잘근잘근 씹더니 홱 하고 몸을 돌렸다. 당아희는 따라오라는 말은 하지 않았으나, 남궁희원은 당연하다는 듯이 당아희의 뒤를 쫓아갔다.

잘 가꾸어진 정원에 두 명의 남녀가 서 있었다. 일단 따라온 이성민을 향해 남궁희원이 전음으로 모인 이들을 소개해 주었다.

[저기 저, 무게 잡고 서 있는 놈이 제갈태령. 제갈세가의 소공자로 은비룡(銀飛龍)이라는 별호를 가지고 있지. 방금 전에 지랄 맞던 계집이 독접(毒蝶) 당아희. 그리고 저곳에 있는 아리따운, 한 떨기 꽃과 같은 아가씨가 바로…… 내가 사모하고 있는, 화설(花雪) 모용서진이라고 한다.]

모두가 이성민이 알고 있는 별호였다. 은비룡 제갈태령도, 독접 당아희도, 화설 모용서진도. 전생에서는 인연이 없는 거물들을 눈앞에 두고 있는 것은 기묘한 기분을 느끼게끔 만들었다.

"늦었구나, 희원아."

"사정이 있었소이다."

"우리가 너를 기다린 것은 큰 문제가 되지 않는다. 하지만 불영대사를 기다리게 한 것에 대해서는 사죄해야 할 것이야."

"그건 불영대사에게 직접 하면 될 일 아니오?"

남궁희원의 대답에 제갈태령이 남궁희원을 지그시 노려보았다. 남궁희원은 제갈태령의 시선을 피하지 않았다. 침묵하고 있던 모용서진이 입을 열었다.

"불영대사가 기다리고 계십니다."

"음."

남궁희원이 살짝 머리를 끄덕거렸다. 제갈태령이나 당아희에게는 건방을 떨어댔지만, 모용서진을 상대로는 입을 꾹 다물고 과묵한 척 머리를 끄덕거린다.

아무래도 전음으로 해댔던, 모용서진을 사모하고 있다는 말은 사실인 모양이었다.

"그러면, 아우."

남궁희원이 이성민을 돌아보면서 말했다.

"나는 불영대사를 뵙고 올 테니. 아우는 스칼렛 님과 함께 대충 소림 구경이라도 하고 있으시게. 불영대사께는 내 미리 언질을 전할 터이니."

"알겠습니다, 형님."

이성민이 그렇게 말하자 제갈태령과 모용서진이 조금 놀란 표정을 지었다. 그들도 이성민이 도달해 있는 무위를 느끼고 있었고, 고수인 이성민이 남궁희원을 형님이라 부르며 깍듯이 대하는 것이 놀라웠던 것이다.

"절 밥은 먹을 만했으면 좋겠네."

단둘이 남게 되자 스칼렛이 투덜거렸다. 그러고 보니 아직 아침도 먹지 않았다.

대뜸 밥을 달라고 청하였는데, 소림의 승려들은 거절하지 않았다. 스칼렛은 보란 듯이 이성민을 향해 히죽거리며 웃었고, 이성민은 괜히 뻘쭘해져서 입맛을 다셨다.

아직 점심시간이 되기는 이른 탓일까. 안내된 식당에는 식사 중인 사람이 적었다. 그 얼마 없는 사람도 머리를 민 승려들이었다.

스칼렛은 털 한 오라기 없는 승려들의 머리를 신기하다는 듯이 보았고, 이성민은 그런 스칼렛의 옆구리를 팔꿈치로 찔렀다.

"무례입니다."

"내가 뭔 말을 했다고."

스칼렛이 투덜거렸다. 적당히 빈 자리에 앉자 그리 오래지 앉아 키가 작은 동자승이 음식을 가져다주었다.

소림의 음식은 생긴 것부터가 절밥처럼 보였다. 간이 조금 싱겁기는 했지만, 자극적인 음식보다는 오히려 이쪽이 스칼렛의 입맛에 맞았다.

식사를 하는 동안 식당 내의 승려들은 이성민과 스칼렛에게 신경 쓰지 않았다. 그들의 침묵 덕분에 이성민과 스칼렛도 대화는 나누지 않았다.

조용한 식사가 끝날 즈음.

“이성민 님.”

동자승 중 한 명이 다가왔다. 접시를 비우고 차를 마시고 있던 이성민은 눈을 동그랗게 뜨고서 동자승을 바라보았다. 동자승은 합장을 하면서 꾸벅 머리를 숙였다.

“방장께서 부르십니다.”

“……나를?”

“예.”

방장이라면 괴불 불영대사를 말하는 것이다. 그 사이에 남궁희원이 불영대사에게 말을 전해준 모양이었다.

이성민이 스칼렛 쪽을 보자 젓가락을 쪽 하고 빨고 있던 스칼렛이 머리를 끄덕거렸다.

“다녀와.”

“스칼렛 님은?”

"난 적당히 이 근처나 둘러보고 있을게. 어차피 오래 걸리지는 않을 것 아냐?"

"그건 이야기를 해봐야 알 수 있는 것 아닐까요."

"가 보기나 해."

스칼렛이 젓가락을 내려놓으면서 말했다. 이성민은 살짝 머리를 끄덕거리고서 몸을 일으켰다.

동자승은 이성민이 일어서자 몸을 돌려 식당 밖으로 나갔다.

이성민이 식당 밖으로 나오자 기다리고 있던 동자승이 걷기 시작했다. 아니, 그것을 '걷는다'고 해야 할까. 동자승이 펼치는 것은 기묘한 신법이었다.

동자승이 한 걸음 앞으로 뻗을 때마다 자그마한 몸뚱이가 휙휙 하고 앞으로 미끄러져 나간다. 보통의 신법이 몸을 빨리 움직이게 하는 것이라면 동자승이 펼치는 신법은 걸음과 걸음 사이의 공간이 접히는 것 같았다.

내공에 부족함이 거의 없고, 신공절학에 들어가는 무영탈혼을 익힌 이성민이었지만 동자승의 걸음을 간신히 쫓는 것이 고작이었다.

동자승은 소림의 뒷문을 빠져나가더니 그 뒤로 이어진 산길을 오르기 시작했다.

이성민은 동자승이 대체 어디로 향하는 것인지 의문을 품었다. 불영대사를 만난다던 남궁희원과 다른 세가의 후계자들은 뒷문으로 나가지 않았었기 때문이다.

"불영대사를 향해 가는 것이 맞습니까?"

"네."

이성민이 큰 소리로 묻자 동자승이 화답했다. 길은 더 이상 길이 아니게 되었다.

동자승은 나무 사이사이를 작은 동물처럼 빠르게 가로질렀고 이성민도 동자승의 뒤를 따랐다.

그렇게 얼마나 뛰었을까. 서로가 경신법을 펼쳐 달린 탓에 소림과는 상당히 멀어져 있었다.

동자승의 걸음이 멈춘 것은 사람 한 명이 간신히 들어갈 만한 작은 동굴의 입구였다.

"이곳입니다."

동자승은 그렇게 말하면서 몸을 돌렸다.

"불영대사는 이 안에 있습니다."

말의 끝맺음과 함께 동자승은 합장을 했고 이성민의 눈앞에서 안개가 되어 사라졌다. 이성민은 흠칫 놀라 동자승이 있던 자리를 바라보았다. 아무것도 없었다. 안개는 이미 흩어져 사라졌다.

[뭐 하고 있는 게냐. 안으로 들어오지 않고.]

머릿속에 울리는 목소리는 전음이 아니었다. 이성민은 주변을 둘러보았다. 사방에서 울려 퍼지는 목소리는 그 진원지를 확인할 수 없게끔 만들고 있었다.

[아해야, 이 안쪽이란다.]

목소리가 끌끌거리며 혀를 찼다. 동굴의 안쪽이다. 이성민은 긴장하여 마른침을 꿀꺽 삼켰다. 그러고는 천천히 동굴의 입구로 걸어 들어갔다. 몸을 살짝 낮춰서야 간신히 동굴의 안으로 들어올 수 있었다.

동굴의 안쪽에서 불빛이 비치고 있었고, 이성민은 그것을 방향표로 삼아 앞으로 나아갔다. 걸어 들어갈수록 동굴의 천장은 높아져서 얼마 걷지 않아 허리를 꼿꼿이 펴고도 걸을 수 있게 되었다.

"과연."

동굴의 끝에는 노승(老僧)이 정좌하여 앉아 있었다. 걸어 들어오는 이성민을 본 노승의 눈이 가늘어졌다. 깊은 주름과 기다란 수염이 노인이 살아온 세월을 말해주고 있었다.

"너는 괴력난신(怪力亂神)의 사랑을 받고 있구나."

노승이 중얼거렸다. 의미를 알 수 없는 말이었다.

"……당신은 누구십니까?"

"알면서도 묻는구나. 아해야, 내가 정말 누구인지 몰라서 묻는 게냐."

노승이 낄낄거리면서 웃었다. 이성민은 머뭇거리다가 입을 열었다.

"……괴불 불영대사."

"맞다. 내가 괴불 불영이다."

불영대사가 웃음을 흘렸다. 소림의 방장이라기에 법력 높은 고승을 상상했으나. 막상 이성민이 앞에 있는 불영대사에게 느낀 것은 오래된 늙은 요괴 같다는 인상이었다.

"방금 그건 뭐였습니까."

"법술이다."

불영대사가 말했다. 그 대답도 신경이 쓰였지만, 이성민을 거슬리게 한 것은 불영대사가 중얼거린 다른 말이었다.

"괴력난신…… 이라는 것은 뭡니까?"

"괴이(怪異), 용력(勇力), 패란(悖亂), 귀신(鬼神). 인간의 이해를 벗어난 불가사의한 존재와 현상. 그 모든 것을 칭하는 말이지."

"괴력난신의 사랑을 받고 있다는 말은?"

"의미 그대로란다, 아해야. 너는 괴이를 품고 용력의 보살핌과 패란의 가호를 받아 귀신의 어여쁨을 받고 있구나."

그렇게 말하는 불영대사의 얼굴은 즐거워 보였으나, 이성민은 즐겁지 않았다. 괴력난신이라는 것이 뭔 소리인지는 알 수 없었으나, 이에 대해 캐물어 봤자 불영대사가 제대로 된 대답을 해주지 않을 것 같았기 때문이었다.

"돌려 말하지 말고 제대로 말해주면 안 됩니까?"

"아해야, 내가 그것이 가능하였다면 이미 육신을 벗고 혼백이 하늘에 올라 신좌에 앉았을 게다. 오랜 세월 살아오기는 하였으나 아직 한참 멀었지.”

결국 이번에도 제대로 말해줄 수가 없다는 것 아닌가.

이성민은 답답하다는 표정을 지으면서 그 자리에 털썩 주저앉았다.

“어떻게 알았습니까?”

“무엇을 말이냐?”

“그, 괴력난신이 뭐시기. 설마 불영대사께서도 내 인과율이 비틀어져 있음을 보고 있는 겁니까?”

“인과율? 그건 뭔 소리인지 모르겠구나, 아해야. 내가 말하는 괴력난신이라는 것은…… 말 그대로란다. 인간이 이해할 수 없는, 이해의 범주를 벗어난. 불가사의한 존재와 그에 해당하는 모든 현상이지.”

그렇게 말하는 불영대사가 악동 같은 미소를 지었다. 주름이 자글자글하고 수염이 풍성한 노인이 그런 표정을 지으니 묘하게 어울렸다.

“……나는…… 궁금한 것이 많습니다.”

“그에 대해 나는 해답을 줄 수가 없지. 필멸의 굴레에 들어가 있는 모든 인간은 너에게 해답을 줄 수 없을 것이다.”

“……필멸의 굴레…… 신이라면 대답해 줄 수 있는 겁니까?”

"네가 말하는 신이 이 세상에 존재하는 신이라면, 그들은 대답해 줄 수 없겠지."

불영대사가 킬킬거리며 웃었다. 그 웃음과 말은 묘한 울림을 품고 있었다. 이성민이 표정을 굳히고서 물었다.

"어째서?"

"그들 역시 인간과 다를 것이 없기 때문이다. ……너를 사랑하는 괴력난신이 무엇임을 알고 싶다면, 그래. 한 번 죽어보는 것이 빠르겠구나. 그렇다면 너는 그 불가사의한 존재에게 가까워질 수 있을 터이니."

"뭔 말도 안 되는……."

이성민이 중얼거렸다. 불영대사가 살짝 눈을 감았다. 잠시 뒤 불영대사의 눈이 떠졌을 때, 그의 눈은 검은자 없이 새하얀 백색으로만 가득 차 있었다.

이성민과 불영대사의 눈이 마주쳤을 때, 이성민은 헉하고 숨을 삼켰다.

"북쪽으로 가라."

불영대사가 소곤거리는 말은 이성민의 머릿속에 울렸다. 숨이 멈춘다. 심장은 뛰지 않았다. 눈을 깜박거리려고 해보아도 눈꺼풀이 움직이지 않았다.

"북쪽. 만년설이 녹지 않는 곳. 인연이 있다면 귀인(貴人)과의 만남이 있겠지. 아니, 반드시 그리되리라."

목소리가 나오지 않는다.

시간이…… 멈췄나?

아니. 시간이 느리게 흐르고 있는 것이다.

“5년 뒤. 겨울이 더욱 얼어붙을 때. 그때.”

그 말이 마지막이었다. 불영대사의 눈에서 빛이 사라졌다. 잠깐 머리를 기울이던 불영대사의 두 눈이 정상으로 돌아오고서야 느려졌던 시간이 가속되었다.

이성민은 눈을 깜박거리고, 벌렸던 입을 다물었다.

“방금 그건…….”

“묻지 말라.”

불영대사가 머리를 가로저었다.

“내가 너에게 무엇을 말하였는지 나는 기억하지 못한단다. 방금 내 몸에 깃든 것은 내가 아닌 신령(神靈)이다. 낄낄! 머리 민 중인 내가 부처가 아닌 신령을 말하는 것은 조금 우습다만.”

머릿속이 혼란스럽다. 불영대사는 여태까지 이성민이 만나 온 다른 사람들과 비교해 보면 굉장히 이질적이었다.

특히 방금 전, ‘신령’이 깃들어 했던 말.

북쪽. 만년설이 녹지 않는 곳. 5년 뒤, 겨울이 더욱 얼어붙을 때.

이성민은 그 말을 생각하면서 미간을 찡그렸다.

"……왜 나한테 이런 말을?"

"낄낄! 아해야, 너는 자꾸 내가 대답할 수 없는 것을 묻는구나. 대답하지 않는 것이 아니라 대답할 수가 없는 것이란다. 대부분의 존재가 너의 의문에 답을 내려주는 것은 불가능하겠지."

불영대사는 그렇게 말하면서 손을 내밀었다.

"검룡, 그 건방진 꼬마에게 이야기를 들었다. 너는 소림의 무공서를 가지고 있다지? 무엇을 가지고 있느냐?

"……백보신권과 나한보법, 달마심법을 가지고 있습니다."

"그리 대단한 무공서들도 아니구나. 소림의 대표 권법이라 한다면 백보신권이고, 대표 보법은 나한보법이며, 대표 심법은 달마심법이다. 그게 무슨 뜻인지 알겠느냐? 흔해 빠졌다는 뜻이란다."

불영대사의 말을 들으면서 이성민은 품 안에 두었던 세 권의 무공서를 꺼냈다.

"그 흔해 빠진 것들을 어떻게 얻었느냐?"

"……시체가 가지고 있었습니다."

"그 시체, 누구였느냐?"

"……제온입니다."

"제온. 그래, 소림의 속가 중에 그런 녀석이 있었지."

베헨게르에서 위명을 떨치던 소림의 속가제자 제온. 그에 대한 소림의 방장, 불영대사의 감상은 그것이 전부였다.

불영대사는 이성민에게 받은 무공서들을 대충 뒤에 던져두었다. 이곳까지 들고 온 무공서들이 설마 저런 취급을 받을 것이라고는 상상하지 못했었기에 이성민은 어안이 벙벙해졌다.

"옜다, 받아라."

불영대사가 품을 뒤적거리더니 종이에 둘둘 쌓인 무언가를 이성민에게 던졌다. 이성민은 양손을 뻗어 엉거주춤 그것을 받았다.

"대환단이다. 먹어라."

불영대사가 이를 드러내며 말했다. 그 말에 이성민은 움찔 놀라 종이를 열어 보았다. 불영대사의 말대로였다. 그 안에는 청량한 향기를 내뿜는 대환단이 들어 있었다.

"흔해 빠진 무공이라면서 왜 대환단을 주시는 겁니까?"

"아해가 줘도 지랄을 하는구나. 왜. 싫으면 소화단으로 바꿔주랴?"

"아니, 싫다는 것은 아니고……."

이성민이 찔끔하여 머리를 가로저었다. 그 말에 불영대사가 크게 웃었다.

"위지호연."

대뜸 뱉은 이름에 이성민의 어깨가 움찔 떨렸다.

"한 달쯤 전에 위지호연이라는 이름을 쓰는 여자아이가 이곳에 왔었다."

"……예?"

"위지호연. 소천마라는 별호로 불리고 있더구나. 참 묘한 일이야. 내가 본 위지호연이라는 아이는 소천마라는 별호로 불릴 아이가 아니었다. 현재 이 세상에서 '천마'라 불리는 아이가 그 여자아이를 포함하여 셋 있는데, 내가 보기에는 위지호연이라는 아이야말로 '천마'라는 별호에 가장 근접해 있었단다."

불영대사가 웃는 얼굴로 말했다.

검룡 남궁희원은…… 광천마 벽원패야말로 천마라는 별호에 걸맞은 인물이라고 했었다. 그런데 소림의 방장인 불영대사는 소천마 위지호연이 천마라는 별호에 가장 근접해 있다고 말하고 있다.

"그 아이는 패왕의 운명을 가지고 있더구나. 초월적인 농간에 휘말리지 않는 이상 그 아이는 절대적인 존재에 오르겠지. 나는 오랜 세월을 살아왔으나 그 아이만큼 강력한 천명과 자질을 가진 아이를 본 적이 없단다."

"……왜 나에게 그런 말을?"

"그 아이가 이성민이라는 이름을 말하더구나."

불영대사의 두 눈이 샐쭉 휘어졌다.

"나는 위지호연, 그 아이와 많은 이야기를 나누었단다. 그 아이가 가진 패왕의 운명과 자질은 머지않아 그 아이를 만마(萬魔)를 굴복시켜 그 위에 군림하는 천마로 만들겠지. 단순한 호기심이었단다. 필연적으로 거인이 될 아이가 이 세계에서 어떤 삶을 살아왔는가? 어떤 만남을 겪었는가?"

이성민은 침묵했다. 불영대사가 어떤 말을 할지 궁금했고, 위지호연이 어떤 대답을 했는지 궁금했기 때문이다.

위지호연이 '이성민'이라는 이름을 말했다는 것에 이성민은 진한 흥미를 느꼈다.

"태어나서 처음으로 만든 친구. 유일한 친구. 그렇게 말하더구나. 그래서 이성민이라는 이름에 흥미를 갖게 되었단다. 설마 그 이성민이라는 아해가 괴력난신의 사랑을 받는 존재일 것이라고는 생각하지 못했는데 말이다."

불영대사가 킬킬 웃었다. 이성민은 그 노인의 웃음과 불영대사가 했던 말에 가슴이 조금 먹먹해졌다.

태어나서 처음 만든 친구.

그리고 유일한 친구.

유일하다는 것은…… 위지호연과 헤어지고서 4년이 다 되어가는 지금, 그녀는 아직 이성민과 같은 친구를 만들지 못했다는 뜻 아닌가.

"나는 오랜 세월을 살아왔단다. 일신의 무공은 이미 완성되었지만, 나의 자질로는 무공의 끝을 보아 필멸의 굴레를 벗을 수가 없었지. 하기에 이런저런 많은 잡기에 손을 댔다. 괴불이라는 별호도 그리 생겼지. 낄낄! 소림의 방장으로 있는 늙은 중이 육식을 하고 술을 마시며 법술과 사법에 손을 대니 어찌 괴이하다 하지 않을 수 있겠느냐. 뭐, 무공의 끝을 보지 못한 나의 자질에 불만이 있는 것은 아니다. 덕분에 신묘한 재주를 몇 가지 부릴 수 있게 되었거든."

불영대사가 손을 들어 자신의 민머리를 쓸어내렸다.

"나는 네가 이곳에 올 것임을 이미 알고 있었다. 그래. 한 달 전에 위지호연이 이곳에 왔을 때부터…… 나는 '이성민'이라는 아해가 이곳에 올 것임을 알고 있었지. 그래서 내가 위지호연, 그 아이에게 말해주었다. 앞으로 한 달 뒤에 이성민이 이곳에 올 것이라고."

"……위지호연이…… 뭐라고 대답했습니까?"

"뭔 상관이냐고 하더구나!"

불영대사가 크게 웃었다.

"아직은 너와 만날 때가 되지 않았다면서. 그런 주제에 나한테 하나 부탁은 하더구나. 만약 네가 이곳에 오고, 네 실력이 별 볼 일 없다면…… 무공이나 조금 봐달라고 말이다."

위지호연과 만나기로 약속한 때까지 아직 6년이 남았다. 약속을 나누었던 것은 이성민이 14살이었을 때였고, 만나기로 한 것은 이성민이 24살이 되었을 때다. 아직 이성민의 나이는

18살이었다.

“너는 기묘하구나. 괴력난신의 사랑을 받는 것은 둘째치고서…… 너는 아주 기묘해. 심, 기, 체가 엉망으로 엉켜 있어. 아해야, 내가 노파심에 일러주마. 이대로 가다가는 너는 10년을 버티지 못하고 모든 것을 잃게 될 것이다.”

“……주화입마입니까.”

“그래, 지금의 너는 언젠가 터질 폭약과 같단다. 오랜 세월을 살아온 나로서도 너의 엉켜 버린 몸뚱이와 혼을 건드릴 수가 없을 지경이야.”

“그렇다면…… 어떻게 해야 합니까?”

“모른다.”

불영대사가 뻔뻔한 얼굴로 말했다.

“위지호연, 그 아이가 마음에 들어 네 무공을 보아주겠다는 부탁은 받기로 하였다. 네가 원한다면 소림에 남거라. 운이 좋다면 무언가를 얻을 수도 있겠지.”

“나를 지도해 주시겠다는 겁니까?”

“심, 기, 체가 일그러진 네 몸뚱이를 뜯어고치는 것은 불가능하다. 하지만 네 무공 정도는 봐줄 수 있어. 그래…… 하지만 이 노구를 이끌고 너를 하나하나 지도해 줄 수는 없지. 그러니까.”

지학아.

불영대사가 펼친 육합전성이 멀리 울렸다. 오래지 않아 잘생긴 청년이 동굴 안으로 들어왔다.

"저 아이가 소림의 미래다."

잘생기긴 했지만 머리에 털 한 오라기 없는 대머리라는 것은 똑같았다. 승복을 입은, '지학'이라 불린 청년이 이성민과 불영대사를 향해 합장을 하며 꾸벅 머리를 숙였다.

"가볍게 비무라도 해보거라."

어제도 그렇고 오늘도 그렇고, 비무를 하자는 사람이 참 많았다.

지학이라는 이름은 들어본 적이 없었다.

하지만 소림 방장인 불영대사가 말하지 않았나. '소림의 미래'라고.

갑자기 하게 된 비무였지만, 이성민은 불만은 갖지 않았다. 비록 패배한다고 해도, 패배했기에 얻을 수 있는 것이 있는 법이다.

남궁희원과의 비무가 그러했다. 남궁희원과의 비무에서 패배하면서 이성민은 자신의 부족함에 대해 알게 되었다.

불영대사의 참관하에 이성민은 지학과 마주 섰다. 지학은 아무런 병기도 들고 있지 않았고, 이성민은 창을 들었다.

이성민은 날이 선 진짜 창을 들어도 괜찮은가 싶어서 불영대사를 보았지만, 불영대사는 이성민의 시선을 받고서 오히려 웃음을 터뜨렸다.

"네 창은 금강석을 꿰뚫을 수 있느냐?"

그 말에 이성민은 경악을 느꼈다. 불영대사의 말이 사실이라면 지학은 금강불괴를 이루었다는 말이었다.

이성민은 꿀꺽 침을 삼키며 지학을 바라보았다. 이성민과 비슷한 체구의 지학은, 이성민과 크게 나이 차이가 나지 않아 보였다.

비무가 시작되었다. 그리고 그것은 100여 초의 공방 끝에 마무리되었다.

이성민의 패배였다.

바닥에 주저앉은 이성민은 허탈한 표정으로 지학을 올려 보았다.

지학은 상처 하나 없는 모습이었지만, 그에 반해 이성민의 몰골은 그리 좋지 않았다.

주저앉은 이성민을 보던 불영대사가 큰 소리로 웃었다.

"과연, 왜 그 계집아이가 너에게 무공을 지도해 달라고 한 것인지 알겠구나."

박수까지 쳐 대면서 웃어대는 불영대사를 보며 이성민은 이를 갈았다.

이게 말이 되는 것인가?

지금의 이성민은 절정고수의 경지를 넘어 초절정의 문을 두드리고 있었다. 그런데 지학은 이성민을 마치 어린아이처럼 가지고 놀았다.

남궁희원과의 비무에서도 패배를 겪기는 하였으나, 지학과의 비무에서처럼 어린아이 취급은 당하지 않았었다.

"지학아, 어땠느냐?"

합장을 하며 꾸벅 머리를 숙였던 지학이 시선을 들었다. 그는 불영대사를 한 번 보더니 머리를 갸웃거렸다.

"……어떻게 대답해야 합니까?"

"네가 느낀 대로, 솔직하게 대답해 보거라."

답을 재촉하는 불영대사에게서는 덕망 높은 고승이라는 인상은 조금도 느껴지지 않았다.

잠깐 생각에 잠겼던 지학의 입이 열렸다.

"많은 것이 부족합니다."

언어가 비수가 되어 이성민의 가슴을 꿰뚫었다.

"가장 부족한 것은 경험입니다. 익힌 창술은 절세의 것임이 틀림없어 보이는데…… 그 창술을 제대로 펼치지 못하고 있습니다. 다루는 것이 미숙해서가 아니라 '어떻게' 펼치는 것인지 아직 모르고 있는 것 같습니다."

그 말은 남궁희원에게도 들었다.

"내공을 다루는 것이 미숙합니다. 내공이 부족한 것 같지는 않은데 전체적인 흐름에 거슬림이 많습니다."

"심, 기, 체의 균형이 맞지 않기 때문이다. 임독양맥이 타동된 것도 아닌데 심득으로 인하여 무공의 경지가 기이하게 높아져 버렸어. 심과 기는 앞으로 나아가 있는데 체는 뒤에 처져 있구나. 위험한 일이야."

지학의 대답에 불영대사가 덧붙였다.

"아해야, 무슨 말인지 이해를 못 하고 있는 것 같구나. 그러니까…… 이런 것이다. 양다리의 길이가 맞다면 걷고 뛰는 것에 문제가 없겠지. 하지만 한쪽 다리가 과하게 길거나 짧다면 걷는 것도, 뛰는 것도 힘들어진다. 억지로 걷고 뛰어봤자 오래지 않아 넘어질 수밖에 없지. 문제는…… 비유는 이렇게 간단히 할 수 있어도, 네 상태는 그리 간단하고 쉽지 않다는 것이야."

"……어떻게 해야 하는 겁니까?"

"가장 우선해서 해야 할 것은 임독양맥을 타동하는 것이다. 운이 따른다면 그것으로 문제가 해결되겠지. 기의 흐름이 원활해지니 기가 흐르는 것에 거슬림은 사라질 것이다. 사실 가장 쉬운 방법은 환골탈태를 하는 것인데…… 낄낄! 환골탈태라는 것이 그리 쉽게 할 수 있는 것도 아니고."

불영대사는 그렇게 말하면서 앉아 있던 몸을 일으켰다.

"지학아, 당분간은 네가 데리고서 무공을 좀 봐주거라."

"알겠습니다."

동굴 안으로 돌아가는 불영대사를 향해 지학이 합장을 보냈다.

이성민은 한숨을 푹 내쉬면서 몸을 일으켰다. 므쉬의 산에서 절정 경지에 올랐고, 아이네와의 싸움에서 강기를 깨달았다. 그래서…… 강해졌다고 생각했다.

사실 틀린 것은 아니었다. 이성민은 강해졌다. 전생에서 도달했던 경지는 이미 아득하게 뛰어넘었다.

이성민이 약한 것은 아니다. 비슷한 나이대의 무인 중에서 이성민은 손에 꼽히는 고수일 것이다.

다만 상대가 좋지 않았다. 검룡 남궁희원은 남궁세가의 차기 가주이며 현 가주인 천존검왕의 어린 시절보다 뛰어나다는 평가를 받는 절세기재였다.

"너무 낙담하지 마십시오."

그것은 지학도 마찬가지였다.

"당신의 실력은 객관적으로 볼 때, 결코 부족하지 않습니다. 18살이라는 나이에 그 정도의 경지에 도달한 무인은 드물 겁니다."

"……하지만 당신은 나를 어린아이처럼 상대하지 않았습니까?"

"자화자찬인 것 같아서 그리 좋아하는 말은 아니지만. 저는 이 땅에 소림이 세워진 이래 존재한 최고의 기재라는 소리를 듣고 있습니다. 걸음마를 떼기도 전부터 나는 소림에 있었고, 자라면서 불영대사뿐만이 아니라 소림의 뛰어난 무승들이 모두 나에게 무공을 가르치고 있습니다. 나는 그들의 깨달음을 공유했고 소림의 모든 무공과 영약을 받아먹으면서 자랐습니다."

지학은 표정 하나 바꾸지 않고 그렇게 말했다.

그 말에 이성민은 기가 질려 버렸다.

'소림의 미래'.

불영대사가 지학을 소개하면서 했던 말이 무슨 뜻인지 이해가 되었다.

"그렇다고는 해도 소천마를 이길 수는 없었지만."

지학이 작은 목소리로 중얼거렸다. 그 말에 이성민의 정신이 번쩍 뜨였다.

"싸워본 겁니까?"

"예."

"소천마…… 위지호연이 왜 이곳에 온 겁니까?"

"소림을 보고 싶다는 이유였습니다."

지학이 무덤덤한 표정으로 대답했다.

"갑작스러운 방문이었습니다. 그녀는…… 혼자서 소림의 산문을 넘어 들어왔습니다. 그러고서는 말했죠. 소림을 보고 싶다고."

무식하기 짝이 없는 행동이라고, 이성민은 생각했다.

"소림을 보고 싶다. 17살의, 아직 약관도 넘지 않은 소녀가 와서 한 말입니다. 하지만 그곳에 있던 그 어떤 무승도 그녀를 질책하거나 비웃지 못했습니다. 저 역시 그곳에 있었는데…… 그건…… 굉장히 신비로운, 굴욕적인…… 경험이었습니다. 나는 한 명의 존재감이 '그렇게까지' 공간을 압도할 수 있으리라는 생각은 해본 적이 없습니다."

"……그 후에는?"

"귀인이 방문하였다며 불영대사가 직접 행차하셨습니다. 그러고는 위지호연과 불영대사, 단둘이서 이야기를 나누었지요. 둘 사이에 어떤 이야기가 오갔는지는 저도 알지 못합니다. 그 후에…… 저는 위지호연과 비무를 했습니다. 위지호연은 소림을 보고 싶다고 했고, 불영대사는 저를 보고 소림의 미래라고 했지요."

결과는 이성민도 알고 있었다. 이미 지학이 말했기 때문이다.

"세상은 넓더군요."

지학은 그렇게 중얼거리면서 눈을 감았다.

"100초를 조금 넘겼나. 아니…… 비무라서 그 정도였지. 생사결이었다면 50초도 버티지 못했을 겁니다. 그녀는 스스로를 소천마라고 하였는데, 저는 그 별호를 이해할 수가 없었습니다. 그녀가 소천마라면 대체 천마는 누구란 말입니까."

이성민은 지금의 위지호연을 알지 못한다. 만나본 적도 없다. 위지호연이 강해졌을 것이라고는 생각하고 있었으나, 위지호연이 대체 얼마나 강해졌을지는 어렴풋하게도 상상하지 못하고 있었다.

지학에게 들은 위지호연의 강함은 이성민의 상상을 아득히 넘어서고 있었다. 이성민을 어린아이처럼 가지고 놀던 지학을 위지호연이 가지고 놀았단다.

"……위지호연은…… 대체…… 어느 정도의 경지에 도달해 있는 겁니까?"

"모르겠습니다. 하지만 이것 하나는 확실하겠죠. 그녀는 이미 초절정을 넘어 그 이상의 경지에 가 있습니다. 문을 두드리고 있는 것인지, 아니면 그 문을 넘어 새로운 경지로 나아가고 있는 것인지는 모릅니다만. ……당신은 위지호연과 무슨 관계입니까?"

"……친구."

"그렇습니까."

지학은 머리를 끄덕거리면서 중얼거렸다. 이성민은 비틀거리며 몸을 일으켰다. 지학은 창을 드는 이성민을 보며 다시 물었다.

"당신에게 가장 부족한 것은 경험입니다. 내가 본 당신은…… 가진 실력을 제대로 쓰지 못하고 있어요. 그건 다양한 실전을 겪으면서 보완될 겁니다."

"……알겠습니다."

"제가 이런 말을 하는 것은…… 조금 우스울지도 모르겠습니다만. 패배에 너무 좌절하지는 마십시오."

"그런 걱정은 하지 않으셔도 됩니다."

이성민은 쓰게 웃으면서 말했다.

"좌절에는 익숙하고. 일어서는 것도 익숙합니다."

익숙할 뿐이다.

쉽지는 않다.

불영대사의 거처를 떠난 이성민은, 일단 소림을 향해 내려갔다.

이성민은 멀다고 느꼈다.

멀다고 느낀 것은 소림까지 향하는 길이 아니었다.

어렴풋하게…… 가까워졌다고 생각했다. 바로 앞에 있지는 않아도, 조금만 더 뛰면, 그리고 손을 더 멀리 뻗으면 닿을 수 있을지도 모른다고 생각했다.

착각이었다. 위지호연은 이성민이 생각했던 것보다 더, 더, 더 멀리 있었다.

어쩌면 위지호연이 멀리 있는 것이 아니라 이성민이 느리게 다가왔을 뿐일까.

어느 쪽이든 닿기에는 너무 멀다.

'부족해.'

나 자신이 부족하다고 느낀다.

이성민은 손에 쥔 창을 내려 보았다. 쥐고 있는 창은 무겁지 않았으나, 이성민은 므쉬의 산에서 느낀 무거움이 그리워졌다.

눈이 보이지 않고, 악취가 끊이지 않고, 잡음이 끊이지 않던 그 매일매일이. 생각해 보면 그때의 일상은 미쳐 버릴 것처럼 힘들기는 하였어도, 이성민이 살았던 그 어느 순간보다 충실하지 않았던가.

산에서 내려오고서 나는 무엇을 했지?

산길을 뛰지 않고 걸어 내려간다. 이성민은 산벌레의 울음소리를 들으면서 자기 자신을 관조했다.

므쉬의 산에 내려오고서…… 무엇을 했나.

용병 길드를 찾아가 용병이 되었다. S급 용병. 전생에서는 가까이 가지도 못했던 그 높은 등급을 받고서 만족을 느꼈다.

산에서 했던 고행이 증명받았다 생각했고, '지금'의 자신이 전생의 자신과는 다르다는 사실에 기쁨을 느꼈다.

그 후로 몇 달.

의뢰를 수행하면서 돈을 벌었다. 벌어들인 돈으로 창을 제작 받았다. 만족…… 했다. 전생에서는 한 번도 쥐어보지 못한 좋은 무기를 쥐게 되었다는 것에 즐거움을 느꼈다.

그래.

몇 달 동안 그랬다. 자기만족을 위해 움직였다. 인정받고 싶어서, 인정받았다는 것에 즐거워서. 전생에서는 갖지 못했던 힘.

이전에 살았던 베헨게르의 용병 길드에서 자신이 알고 있던 사람들이 이전과는 다른 취급을 해주는 것을 보며 즐거웠다.

어느 순간부터는 수행에 그리 열심이지 않았다. 전생의 기억을 가지고 있었기에, 마갑이라는 도구를 알고 있었기 때문이었다. 그것이 함정이라는 것도 모르고.

전생의 기억에 의존했다. 맞닥뜨린 벽을 마갑을 이용해 넘으려고 했다.

노력.

……노력?

이성민은 헛웃음을 흘렸다.

므쉬의 산에서 몇 년 했던 것이 노력의 전부였는데. 여태까지 뭘 그리 열심히 해왔다고.

결국 지금의 이성민은 전생과 크게 다를 것이 없었다. 하루 벌어 하루를 먹고살던 C급 용병이었을 때와 다를 것이 없단 말이다.

목숨을 걸고 의뢰를 수행했으니까 놀아도 된다. 술을 마시고, 여자를 안고.

보상 심리에 취해 하루하루를 살던 그때와 지금이 다를 것이 무언가.

므쉬의 산에서 고행하였으니 조금은 쉬어도 괜찮다고. 이 정도면 많이 했다고. 열심히 했다고.

그리 대단한 실력을 갖지도 못한 주제에!

이성민은 쿡쿡거리면서 웃었다. 소림으로 향하는 길이 멀어 보였다.

무의 끝을 보겠다고 므쉬의 산에서 구도자인 양 품었던 그 거창한 생각은 결국 구질구질한 자기만족에 위선일 뿐이었다.

현실을 알았다.

매미가 되고 싶지 않다고 생각했고, 유충은 벗었다고 생각했다.

착각이었다.

이성민은 아직 유충이었다.

2장
소림(2)

"지학과 비무했다고?"

남궁희원은 스칼렛과 함께 있었다. 남궁희원은 이성민의 말을 듣고서 입을 크게 벌렸다. 잠깐 동안 이성민을 보던 남궁희원이 어깨를 바르르 떨었다.

"불영대사, 이 개 같은 늙은이. 내가 그렇게 비무를 하게 해달라고 해도 안 된다고 지랄을 하더니!"

"누군지 아셨던 겁니까?"

"알다마다. 아우, 지학이라면 소림의 미래며 불영대사의 직계 제자야. 아니, 그 말은 조금 틀린가…… 지학은 어린 시절부터 소림의 모든 무승에게 무공을 배웠지. 그건 굉장한 일이야."

남궁희원은 그렇게 말하면서 한숨을 푹 내쉬었다.

"남궁세가가 포함된 사대세가의 후계자들도 뛰어나긴 하지만. 구파일방의 제대로 된 후기지수들과 비교한다면 조금 급이 딸려. 소림의 지학, 무당의 청명, 개방의 취걸. 특히 이 셋은 각 문파의 성명절기를 모두 익히고 그 문파의 미래라고 할 수 있는 자들이지."

들어본 적이 없는 이름이었다. 전생에 이성민은 용병으로 살면서 다양한 소문을 접했으나, 소림의 지학과 무당의 청명, 개방의 취걸에 대해서는 들어본 적이 없었다.

"그들에 대한 소문을 들어본 적이 없습니다만."

"그야 그렇겠지. 지학도 그렇지만. 그 셋은 문파를 떠나지 않아. 문파의 비밀 병기 같은 느낌이지. 대부분이 아직 서른도 되지 않은 나이인데, 은거고수처럼 문파에 처박혀 무공만 익히고 있어."

남궁희원은 그렇게 중얼거리면서 입맛을 다셨다.

"매년 소림에 오면서, 지학에 대한 이야기를 들었지. 한 번 꼭 비무를 해보고 싶었는데……."

남궁희원과 지학이 싸우면 누가 이길까?

이성민은 남궁희원의 전력을 본 적이 없다. 마찬가지로 지학의 전력도 본 적이 없었다. 하지만 겪어본 것만으로 비교를 해본다면 지학이 남궁희원보다 더 강할 것 같았다.

"그래서. 아우는 이제 어디로 갈 셈인가?"

"……당분간은 소림에 남을 생각입니다."

이성민의 대답에 스칼렛이 눈을 부릅뜨고 이성민을 노려보았다.

"뭐? 여기 남겠다고?"

"예. ……생각할 거리도 많고, 다듬고 싶은 것도 많습니다. 다행히도 인연이 닿아 소림에서 수행이 가능하게 되었습니다."

"불영대사가 아우가 굉장히 마음에 들었나 보군."

남궁희원이 중얼거렸다.

"만약 아우가 한가하다면 남궁세가에나 데려갈 생각이었는데 말이야."

"……나중에 기회가 된다면 찾아가 보겠습니다. 형님의 일은 어떻게 되었습니까?"

"나? 나야 뭐 작년이랑 똑같이 되었지. 불영대사의 앞에서 무공을 조금 보여주고, 그것으로 끝이야. 천룡회의 회주가 되기에는 우리 모두가 부족해. 내 아버지도 이기지 못하는데 회주는 무슨."

남궁희원의 중얼거림에 이성민은 조금 허탈한 기분을 느꼈다.

세상은 너무 넓었다.

이성민을 가지고 놀았던 남궁희원은 지학보다 약하다. 그리고 그 지학은 위지호연에게 농락당했다. 남궁희원은 그의 아버지인 천존검왕을 이기지 못한다.

'난…… 너무 작아.'

서 있는 위치가 달라서일까? 아니면 보고 있는 관점이 달라서?

전생의 이성민이 보기에도 세상은 넓었지만, 그때의 이성민이 느꼈던 세상의 크기는 지금 느끼고 있는 크기와는 달랐다.

당연한 일이었다. C급 용병이었던 시절에는 이런 만남을 겪어본 적이 없었다.

겪은 것이 다르기에 보이고 느끼는 것이 달라진다. 그것은 이성민이 므쉬의 산에서 느꼈던 깨달음과 이어지는 것이었다.

'나'가 달라지면 세상이 변한다. '나'가 달라졌기에 보이는 것이 달라진다.

"……네가 이곳에 남겠다면 나는 조금 더 돌아다녀 볼래."

스칼렛이 중얼거렸다. 그 말에 이성민이 스칼렛을 돌아보았다.

"예?"

"나는 무공도 익히지 않았고. 이곳에 있어봤자 얻을 것이 없어. 이곳까지 오는 길에는 네가 걱정되서 같이 왔지만…… 뭐. 이곳에 있다면 네가 위험해지지는 않겠지."

"……어디로 가실 생각입니까?"

"어디든 가 볼 생각이야. 내 몸 하나 건사할 재주는 넘치도록 가지고 있으니까."

이성민은 스칼렛을 붙잡을까 했다가 그만두었다. 스칼렛이 전생에 겪은 사건에 이성민이라는 존재는 끼어 있지 않았다. 괜히 이성민이 스칼렛과 깊이 연관되었다가는, 그녀의 운명이 크게 바뀔 가능성이 컸다.

"다음에 만날 수 있겠습니까?"

"당연히 만나야지, 멍청아. 내가 했던 말 잊었어? 내가 위험해지면 네가 도와주기로 했었잖아."

스칼렛은 그렇게 투덜거리더니 로브의 안쪽에 손을 집어넣었다. 잠시 뒤 그녀가 꺼낸 것은 붉은 실을 엮어 만든 팔찌였다.

"받아."

"이게 뭡니까?"

"내 심령이랑 연결한 팔찌야. 백소고한테도 줬었던 건데. 설마 너한테 주게 될 줄은 몰랐네."

그런 말을 들으니 팔찌가 눈에 익었다. 시각을 잃기 전에…… 백소고가 저런 팔찌를 손목에 하고 있었던 것이 기억났다.

"텔레파시가 통하는 그런 편리한 도구는 아니야. 하지만 세상 어디에 있든지 내가 바란다면, 그 팔찌로 신호가 전해질 거야. 내가 어디에 있는지."

이성민은 머리를 끄덕거리며 스칼렛이 준 팔찌를 손목에 찼다.

다음 날.

너무 빠르게 떠나는 것이 아닌가 싶기는 하였지만, 스칼렛은 오히려 더 길게 있는 것이 미련이 남는다고 하며 소림을 떠났다. 남궁희원도 마찬가지였다.

“한가해진다면 남궁세가로 찾아와. 아우가 찾아온다면 언제든지 대접을 해줄 테니까.”

갑작스러운 만남이었다고는 해도 인연이 얇지만은 않았다.

남궁희원은 이성민의 어깨를 몇 번 두들겨 주고서 산문을 내려갔다.

다른 세가의 후계자들은 전날에 이미 떠난 모양이었다.

소림의 승려들은 이성민에게 거주할 방을 준다고 하였으나 이성민은 그들의 배려를 거절했다.

이성민은 창을 쥐고서 소림의 후문을 나섰다. 그는 기억에 의존하여 불영대사의 거처로 향했다.

드리무어로 가 시간의 신 데니르를 만나는 것은 조금 뒤로 미루기로 했다. 어차피 드리무어는 이곳에서 그리 멀지 않았고, 불영대사와 지학에게 무공의 지도를 받는 것도 대단한 기연이라고 생각했기 때문이다.

‘5년 후…… 겨울이 얼어붙을 때.’

애매한 말이기는 했지만 그리 어렵게 생각할 필요는 없어 보였다.

불영대사의 몸에 깃든 신령은 만년설이 녹지 않는 곳으로 가라고 했다. 에리아에서 만년설이 쌓인 곳은 최북단 지역뿐. 겨울이 얼어붙을 때라는 것은 겨울 중 가장 추울 때를 말하는 것 같았다.

5년 후라면 아직 시간적인 여유가 있다. 이성민은 앞으로 자신이 해야 할 일에 대해 생각해 보았다.

위지호연과 만나기로 한 것은 이성민의 나이가 24살이 되었을 때. 앞으로 6년 남았다. 지금부터 5년 후에 백소고와 위지호연이 엮이는 던전이 개방된다. 위지호연과의 재회 이전에, 이성민은 백소고의 죽음을 막아야만 했다.

즉, 순서가 어찌 되었든 앞으로 이성민에게 남은 시간은 고작해야 5년이라는 것이다.

'나는 어디까지 갈 수 있을까.'

어디까지 할 수 있을까.

위지호연과의 거리가 너무 멀다.

이성민은 자신의 양손을 내려 보았다.

심, 기, 체가 일그러진 나 자신. 이를 극복하지 못한다면 10년 안에 모든 것을 잃게 된다고.

대환단을 먹는 것은 우선 보류하기로 했다. 심, 기, 체가 일그러져 있는 지금 대환단을 복용한다면 주화입마가 더 빠르게 찾아올지도 모른다는 불안감 때문이었다.

'뭘…… 해야 하지?'

이성민은 멍하니 손에 쥔 창을 내려 보았다. 자기만족과 보상심리로 의뢰하여 갖게 된 창이다.

입은 마갑을 내려 본다. 맞닥뜨린 벽을 편법으로 넘기 위해 그토록 바라던 마갑이다.

이성민은 마갑을 벗었다. 내공을 불어넣자 쇳소리와 함께 마갑이 벗겨졌다. 이성민은 벗은 마갑을 눈에 보이는 장소에 내려 두었다.

손에 쥐고 있던 창도 마찬가지였다. 이성민은 동굴의 근처에 있는 큼직한 바위에 창을 내리꽂았다. 강기를 입힌 창두가 바위를 두부처럼 꿰뚫었다.

아공간 포켓에서 꺼낸 것은, 오랜만에 쥐어보는 평범한 창이었다. 예비로 쓰기 위해 구입해서 들고 다니던 것으로, 많이 휘두르지 않아 창간이 빳빳했다.

맨손으로 창간을 쓸어본다. 손바닥에 박힌 굳은살은 노력의 증거라고 할 수 있을까.

이성민은 낮은 웃음소리를 내었다. 천재가 범재보다 노력이 부족한 존재라고는 생각하지 않는다. 그들이 범재보다 앞선 시작점에서 시작하고, 범재보다 빠르게 달릴 수 있다고 하여도 그들이 달리기 위해 한 노력은 진짜일 것이다.

천재의 뒤에서 시작하는 범재는. 천재의 노력을 따라가기 위해서는 더, 더, 더 많은 노력을 해야 한다.

토끼와 거북이. 어린 시절에 들었던 우화가 생각난다. 토끼는 빠르게 뛰었고…… 거북이는 느리게 기었다. 토끼는 태만하여 잠들었고, 거북이는 토끼가 잠든 사이에 계속해서 기어나가 토끼보다 먼저 결승점에 도착했다.

이성민은 토끼가 아니다. 어쩌면 거북이보다 못할지도 모른다. 그런데도 태만했다. 기어가는 것조차 열심히 하지 않고 한눈을 팔았다.

"병신 새끼."

이성민은 중얼거리면서 창을 잡은 손에 힘을 주었다.

손바닥의 굳은살. 머릿속에 들어 있는 창법. 므쉬의 산에서 했던 수행.

부족하다.

모든 것이 부족했다.

이성민은 천천히 구천무극창을 펼치기 시작했다.

"훌륭한 창법이군요."

이성민이 구천무극창을 모두 펼쳤을 때, 그런 목소리가 들렸다.

이성민은 흐트러짐 없는 호흡을 한 번 더 가다듬으면서 소리가 들린 방향을 바라보았다. 승복을 입은 지학이 그곳에 서 있었다.

"그래서 아쉽습니다."

"내 실력이 떨어져서입니까."

이성민은 지학의 얼굴을 보면서 물었다. 그 질문에 지학은 천천히 머리를 가로저었다.

"말하지 않았습니까. 당신에게 가장 부족한 것은 경험입니다."

지학은 그렇게 말하면서 동굴의 입구를 힐긋 보았다. 불영대사는 나와 있지 않았다. 지학이 보는 것은 입구의 근처에 놓인 마갑과 이성민의 창이었다.

"왜 갑옷을 벗고 좋은 창을 내려놓은 겁니까?"

"지금의 나에게는 어울리지 않습니다."

"그런 식으로 마음과 각오를 다지는 겁니까?"

"위선이라고 생각하십니까?"

"그런 생각은 하지 않습니다. 무공이라는 것은 몸을 쓰는 공부이고, 결국 몸을 쓰는 것은 마음의 명령을 받는 것이니. 심법(心法)이라는 것은 마음을 쓰는 법입니다. 심, 기, 체. 흔히들 저 셋을 무공이 완성되는 요인이라고 합니다만."

지학은 그렇게 중얼거리면서 등 뒤에 두고 있던 창을 꺼냈다. 붉은 창영이 나부끼는 중원의 창이었다.

"그 셋은 무공 이전에 사람을 완성하는 것들입니다. 심을 신이 감싸고 기로 단련하는 것이지요."

"……그게 무공이라는 겁니까?"

"아, 이건 어디까지나 소림의 무론입니다. 무공의 종류는 다양합니다. 각각 지향하는 바가 다르지요. ……소림과 같은 불가(佛家)의 무론, 무당이나 화산 같은 도가(道家)의 무론은 무공을 통해 자기 수양을 완성하여 커다란 깨달음을 얻는 것을 목적으로 하고 있습니다."

"커다란 깨달음?"

"표현하는 방식과 단어가 다르기는 한데…… 결국 풀어 말하자면 인간이 아니게 되는 것이지요. 도가의 무공은 수양을 통해 등선하여 신선이 되는 것을 목표로 하고 있고, 불가의 무공은 수양을 통해 해탈하여 부처가 되는 것을 목표로 하고 있습니다. 신선도 부처도 인간은 아니지요. 본래 인간이었을 뿐."

이런 식의 무론을 듣는 것은 처음이었기에, 이성민은 귀를 열고 지학의 말을 들었다.

이성민이 경청하자 지학이 웃으면서 말을 덧붙였다.

"말했듯이 무공의 종류는 다양합니다. 도가와 불가의 무공만이 있는 것은 아니지요. 흔히 사마외도의 것이라고 하는 무공들은 보다 직관적입니다. 사람을 죽이는 기술. 그 외에도 동물이나 벌레의 특징을 뽑아 다듬은 무공도 많지요. 소림의 무공 중에서도 그런 것들은 있습니다. 하지만 시작이 그러하다고 한들 지향점은 다릅니다."

"당신은 부처가 되고 싶은 겁니까?"

"후후! 저는 부처가 되기에는 너무나도 미숙합니다. 내가 당신에게 이런 말을 해주는 것은…… 알아주기를 바라서입니다. 내가 아는 것은 소림의 무공뿐이며, 내가 아는 무론은 부처가 되는 것뿐입니다. 당신이 불가에 입문하는 것을 종용하는 것은 아닙니다만. 내가 당신의 무공을 봐주려면, 우선 당신은 소림의 무공을 이해해야 할 겁니다."

지학이 창영을 흔들면서 다가왔다.

"소림에는 칠십이절예(七十二絕藝)라고 하여 칠십이 개의 절기가 있습니다. 흔히들 소림 하면 백보신권과 대력금강장 같은 맨손 무술을 떠올립니다만. 저는 이것만큼은 틀림없다고 자부할 수 있습니다. 현 구파일방에서 소림만큼 창술과 봉술을 깊이 이해하고 확립한 곳은 없을 겁니다."

지학이 양손으로 창을 들고서 자세를 낮추었다. 이성민은 구천무극창의 기수식을 펼쳤다.

"소림을 보십시오."

지학이 빙그레 웃었다.

"그리고 느껴보십시오."

지학에게서 흘러나오는 투지는 소림에 대한 자부심으로 가득 차 있었다.

소림을 본다.

소림을 느낀다.

창을 내려놓고 갑옷을 벗었다. 이성민은 낡은 창을 쉼 없이 휘둘렀다.

소림의 미래라는 평을 듣던 지학의 무공은 끝이 없어 보였다. 소림의 모든 무승에게서 무공을 배우고 어린 시절부터 영약과 무공서와 깊은 깨달음 속에서 살아온 지학은, 살아 숨 쉬는 소림 그 자체라고 해도 좋았다.

이성민은 왜 불영대사가 지학에게 자신의 지도를 맡긴 것인지 어렵지 않게 이해할 수 있었다.

소림의 미래인 지학은, 소림이 가진 칠십이절예를 능수능란하게 펼치는 것이 가능했다. 그 말인즉, 지학 혼자서 72개의 무공을 사용하는 72명의 무인의 역할을 맡을 수 있다는 뜻이었다. 그러면서도 지학은 가르치는 것이 능숙했다.

여태까지 이성민은 두 명의 무인에게서 가르침을 받았다.

위지호연과 백소고.

냉정하게 말하자면 위지호연과 백소고는 훌륭한 스승은 아니었다.

너무 뛰어난 천재인 위지호연은 무공을 이성민의 몸에 맞게 뜯어고쳐 줄 수는 있었지만, 그것을 이성민에게 제대로 가르치지는 못했다.

위지호연이 이성민에게 해줄 수 있었던 것은 이성민이 부족한 무공에 대한 기반 지식을 채워주는 것과 창법의 기본기 등을 지도해 주는 것이 고작이었다.

백소고도 마찬가지였다. 이성민은 백소고에게서 무영탈혼을 전수받았지만, 무영탈혼을 딱 맞는 옷처럼 펼치던 백소고와는 다르게 이성민은 무영탈혼에 쉽게 적응하지 못했다.

그것은 므쉬의 산에서 이성민이 가지고 있던 '무거움'에 대한 금제 때문이었다. 아무리 경공을 펼쳐도 몸이 무거우니, 경공을 익히는 것이 어려운 것은 당연했다.

그것에 더해 백소고는 목소리과 전음에 대한 금제도 가지고 있었기 때문에, 무공을 지도하는 것에 불편함이 많았었다.

하지만 지학은 달랐다.

어린 시절부터 소림의 모든 무승에게 교육을 받아온 덕분일까. 지학은 가르치는 것에도 능숙했다.

문제는 가르침을 통해 지금의 경지에 도달한 지학의 오성(悟性)과 이성민의 오성이 큰 차이가 있다는 것이었지만, 어느 시점에서부터는 지학은 이성민을 가르치는 것에 대한 요령을 터득했다.

"부족한 경험을 채우기 위해서는 많은 경험을 해보는 것뿐입니다."

백문이 불여일견이라고 하였다. 지학은 보여주는 것에 그치지 않았다. 그는 매일 이성민이 지쳐 쓰러질 때까지 이성민과 비무하는 것을 반복했다. 비무를 할 때마다 지학은 펼치는 무공을 바꾸었다.

스스로가 얼마나 나약하고, 보잘것없으며, 부족함이 많은지 이성민은 매일매일 주저앉아 그를 절감했다.

지학은 천재였다. 이성민이 숨이 가빠 주저앉을 때 지학의 호흡은 조금도 흐트러지지 않았다. 이성민이 전력을 다해 펼친 무공은 지학을 위협하지 못했다. 지학이 어렵지 않게 휘두른 공격은 이성민의 사각을 꿰뚫었다.

"시야를 넓히십시오. 보다 많은 것을 보십시오. 상대의 무공을 이해하기 이전에 상대를 이해하십시오. 무공이라는 것은 결국 육체로 펼치는 것입니다. 그 어떤 변초와 환초도 육체와 무기로 펼치는 이상 그를 벗어날 수 없습니다. 기를 다루는 것의 고수라면 기를 통해 두 눈에 보이지 않는 공격을 펼치기도 하겠지만, 그렇다고는 하여도 육체와 무기를 쓰는 이상 움직임의 한계는 존재합니다."

검과 도와 창은 일직선의 무기다. 관절과 근육을 어떻게 사용하고 어떻게 휘두르느냐에 따라 허와 실을 만들어낸다. 그것에 기를 섞어 속도와 무게를 만들고 잔상을 그려 변초와 환초를 만든다.

"보이지 않는 것을 보려 하기 전에 보이는 것을 보다 확실하게 보아야 합니다. 당신의 감각은 기묘하게 엉켜 있습니다. 존재하지 않는 육감은 뜨였는데 오감이 둔합니다. 당신이 해온 고행은 당신을 높은 경지로 이끌었지만 동시에 정체하게 만들었습니다. 당신은 걸음마를 배우기도 전에 말을 타고 달리는 것을 먼저 배워 버린 겁니다."

지학의 지적은 통렬하기 짝이 없었다.

므쉬의 산에서 했던 고행은 이성민을 절정고수로 만들었다. 하지만 감각을 차단해 버린 그 수행은 이성민의 감각을 망가뜨렸다.

감각이 차단되면서 육감이 뜨이고 육감에 의존하게 되었다. 그 대신에 이성민의 눈은 좁아지고 귀는 어두워졌으며 코는 둔해졌다.

"이성민 님, 당신은 가지고 있는 것을 전부 사용하지 못하고 있습니다."

둔해진 감각을 날카롭게 세우는 작업이 필요했다. 그것이 필요하다는 것은 이성민도 자각하고 있었으나, 여태까지 제대로 하지 못했었다. 아니, 정확하게 말하자면 '하지 않았던' 것이다.

"이성민 님이 익힌 창법은 절세의 무공이라고 해도 손색이 없습니다. 란, 나, 찰은 결국 기본기일 뿐입니다. 기본기만으로 상승 무학을 이길 수 있다면 무공이 왜 존재하겠습니까. 기본기는 어디까지나 무공을 보다 잘 익히기 위해 보조해 주는 것에 지나지 않습니다."

란나찰은 이성민이 매일같이 수행하던 기본기였다. 어느 순간부터 이성민은 구천무극창보다 란나찰의 수행에 치중했다. 그 역시 도피 행위였다.

구천무극창의 성취가 더 이상 오르지 않는 것에 이성민은 초조함을 느꼈다. 이 대단한 무공을 대성하기에는 자신의 자질이 너무나도 부족하다고 느꼈다. 그래서 도망쳤다. 익히기 어려운 구천무극창보다 익숙하고 쉬운 란나찰로.

남궁희원이 이성민에게 말했었다. 기본기만큼은 명인의 반열에 올라가 있다고. 하지만 다른 창법은 부족하다고. 남궁희원은 그를 향해 경험이 부족하기 때문이라고 했었다. 그런 평가는 지학도 똑같이 내렸다.

"왜 도망쳤던 겁니까?"

하지만 이제는 아니었다. 한 번의 비무라면 그렇게밖에 파악하지 못했겠지만, 지학은 이성민과 지속적으로 비무를 하면서 이성민이 가진 부족함을 파악했다.

"이리도 뛰어난 창법을 익히고 있으면서. 왜 기본기를 고집했던 겁니까."

"……내가 부족했기 때문입니다."

"그래서 익히는 것을 포기했습니까. 삼재검법만을 익혀 절세의 검수가 된다는 것은 삼재검법만을 익힌 사람들이 꿈에 절어 하는 말입니다."

그런 말을 하는 지학의 얼굴은 차갑게 식어 있었다. 언제나 친절했던 지학이었지만 지금만큼은 그 친절함이 보이지 않았다.

"삼재검법만을 익힌 사람들을 어리석다 비난하는 것이 아닙니다. 그들이라고 해서 삼재검법만 익히고 싶어서 익힌 것이겠습니까. 다른 상승 무학을 익히고 싶어도 익힐 수가 없었던 것이겠지요. 무공이라는 것, 특히나 뛰어난 무공일수록 기연이 없다면 익히기가 힘듭니다. 예, 운이 없다면 익힐 수가 없다는 말입니다. 상승 무공을 익히지 못한 자들이…… 상승 무공을 익히고 싶다는 갈증을 느끼지 않겠습니까?"

알고 있다. 그 갈증이 얼마나 지독한지.

전생의 이성민은 이류 무공을 익혔다. 더 뛰어난 무공을 익히고 싶다고, 언제나 생각해 왔다. 하지만 익힐 수가 없었다. 운이 없었기 때문이다.

"이성민 님, 당신은 거듭된 기연을 통해 뛰어난 무공을 익혔습니다. 대부분의 사람이 평생을 걸고 찾아다니던 무공을 어린 나이부터 익혔단 말입니다. 그런데도 그 무공을, 자신이 부족하다는 이유로 익히는 것을 포기하고 도망치다니. 왜…… 노력하여 정진하지 않았던 겁니까?"

이성민은 대답할 수가 없었다.

우울하게 젖은 이성민의 얼굴을 보며 지학이 한숨을 내쉬었다.

"……냉정하게 말하겠습니다. 이성민 님, 당신은 천재가 아닙니다."

안다.

"오성이 뛰어난 것도 아닙니다. 배우고 느는 것이 빠른 것도 아닙니다. 하지만, 그렇다고 해서 쉽게 포기해서는 안 됩니다."

안다.

"나는 당신이 무엇을 목표로 하고 있는 것인지 모릅니다. 하지만…… 나는, 이성민 님, 남들이 바라마지 않던 기회를 갖게 되었다면, 그들을 대신하여 그들만큼의 노력을 해야 한다고 생각합니다."

"……알고 있습니다."

이성민은 한숨을 쉬면서 머리를 끄덕거렸다.

"내가 여태까지 도망쳐 왔음을 알고 있습니다."

그토록 바라던 기회를 얻었음에도 도망쳤다. 스스로가 부족했다고 여기며, 몇 번이나.

"이제는 도망치고 싶지 않습니다."

이성민이 말했다. 그 말에 지학의 표정이 누그러졌다. 지학은 합장을 하면서 머리를 숙였다.

"무의 길은 멀어 끝이 없습니다. 무를 익혀 무인이 되기를 바라고, 무의 끝을 보고자 한다면 쉼 없이 정진하여 앞으로 나아가야 합니다. 부족함을 아는 것에 그치지 않고 부족함을 인정하여 극복해야 합니다. 절망하되 절망에 삼켜지지 말아야 합니다. 날 수가 없다면 뛰어야 하고 뛰지 못한다면 걸어야 합니다. 걷지도 못하면 기어야 하고 길 수도 없다면 기고자 하십시오. 그리 바라고 행동하는 것이 중요합니다."

"당신은 날고 있습니까?"

"세상은 넓습니다. 나는 스스로 날고 있다고 생각하였지만, 소천마 위지호연과 만나게 되면서 진정 날개를 가져 나는 것이 어떤 사람인지 알게 되었습니다. 나는 날고 있지 않습니다. 하지만 날고자 합니다."

나는 어떤가.

땅속의 유충은 무엇을 바라는가.

차가운 땅을 기어 나오는 것을 바라는가.

꿈틀거리며 기는 것보다는 걷고 싶다. 걷는 것보다는 뛰고 싶다. 뛰는 것보다는 날개를 가져 날고 싶다.

소림에서의 수행은 므쉬의 수행보다는 고난함이 적었다. 이곳에는 금제도 없고 금제와 시련에 대한 보상도 없다.

하지만 이곳에는 지학이 있었다. 이성민과는 비교도 할 수 없는 천재적인 재능을 가진 지학이 이성민에게 무공을 지도해 주었다.

여태까지 살아오면서 대부분의 시간 동안 이성민은 홀로 무공을 익혔다.

좁았다.

혼자였던 이성민이 보았던 세상은 너무나도 좁았다.

므쉬의 산에서 세상이 달라짐을 느꼈으나 세상의 크기는 변하지 않았었다. 므쉬의 산에 내려오면서 이성민은 거듭된 패배와 절망을 느꼈다. 세상이 얼마나 넓은가를 알게 되었다.

소림을 본다.

소림을 느낀다.

부족했다.

이성민은 동트는 여명을 보며 우두커니 섰다.

산 끝에서 올라오는 아침 해의 밝음이 이성민의 눈을 적셨고 차가운 새벽의 공기가 이성민의 가슴을 얼게 만들었다.

보고 느껴야 할 것은 소림이 아니다. 진정으로 보고 느껴야 하는 것은 소림이 아닌 세상이었다.

세상은 크고 나는 작다.

땅속의 유충이 새카맣고 차가운 어둠을 세상의 전부로 알 듯, 이성민도 그래왔다.

유충이 되고 싶지 않다. 매미도 되고 싶지 않다. 좁아빠진 시야를 세상의 전부라 알고 싶지 않다.

날고 싶다.

날개가 없음에도 나는 것을 꿈꾼다. 날아본 적이 없음에도 나는 것을 꿈꾸고 있다.

이성민은 여명을 보면서 크게 숨을 삼켰다.

저 넓은 세상을…… 날아보고 싶다. 작고 하찮은 '내'가 세상을 보는 것을 바란다.

계절이 바뀐다.

일상은 변하지 않았다.

이성민은 지학과 비무하고, 비무하고, 비무했다.

언제부터인가 지학의 가르침은 언어가 아닌 행동이 되었다. 대화 대신에 나누는 무공이 서로에게 말을 걸었다.

당신은 변하고 있습니까?

변하고 있습니다.

당신은 걷고 싶습니까?

날고 싶습니다.

당신은 무엇이 되고자 합니까?

무엇이든지.

열여덟의 나이가 열아홉이 되었을 때, 동굴에서 불영대사가 나왔다.

이성민이 동굴의 입구에서 거주한 지 반년이 조금 넘은 시점이었다. 그간 이성민은 불영대사가 동굴에서 나오는 것을 본 적이 없었었다.

"아해야, 너는 변했구나."

동굴에서 나온 불영대사는 반년 전에 보았을 때와 다름없는 얼굴이었다. 여전히 그는 불심 깊은 고승이라기보다는 오래 묵은 요괴처럼 보였다.

악동처럼 주름을 일그러뜨리며 짓는 웃음을 보면서 이성민은 꾸벅 머리를 숙였다.

"우물 안의 개구리가 우물을 나오려 하느냐. 네 무공이라면 우물 속에서 행복하게 살 수 있을 터인데. 너는 무엇을 바라느냐?"

"세상을 보고 싶습니다."

"낄낄! 세상은 누구나 볼 수 있지. 그래, 보는 것은 누구나 할 수 있어."

불영대사는 그렇게 말하면서 뒷짐을 지고 섰다.

"보는 것에 만족하지 않고 세상을 논하고자 한다면, 너는 거인이 되어야 할 것이다. 거인이 되고 싶은 것이냐."

"날고 싶습니다."

"낄낄! 바람이 높구나. 거인이 되어 내려 보는 것이 아니라 날개를 가져 세상을 아래에 두고 싶다는 게냐? 그를 논하기에는 너는 너무나도 작은데."

"알고 있습니다."

이성민은 쓰게 웃으면서 머리를 끄덕거렸다.

"하지만 꿈은 꾸고 싶습니다."

"꿈을 꿈으로 남길 테냐."

"남기고 싶지 않습니다."

"이 반년간, 너는 무엇을 했느냐?"

불영대사가 물었다.

이성민은 한 번 눈을 감았다. 반년 동안 해온 것들이 이성민의 머리를 스쳤다.

"기는 것을 배웠습니다."

"좋구나."

불영대사가 머리를 주억거리면서 웃었다.

"이제는 걷는 것을 배우려무나."

불영대사는 그렇게 말하며 다시 동굴 안으로 들어갔다. 그의 등을 보다가 이성민은 몸을 돌렸다.

여명이 환해지고 있었다.

스물이 되었다.

키는 부쩍 자랐고, 육체는 건장해졌다. 므쉬의 산에서 불규칙한 식사와 생활을 해온 탓에 전생보다 몸뚱이가 작아지는 것이 아닐까 걱정했었는데, 소림에서의 생활은 이성민의 몸을 오히려 전생보다 더 건장하게 성장시켰다.

이성민이 소림에서 수행을 시작한 나이가 열여덟이었으니, 소림에서 일 년 하고 반년을 보낸 것이다.

백소고의 죽음을 막기까지 앞으로 3년 정도 남았다.

가급적이면 그 전에 드리무어로 가 시간의 신 데니르를 만나고 싶었지만, 이성민은 아직까지는 소림을 떠나고 싶지 않았다.

소림에서 보내는 일상은 단조로웠으나 충실했다. 소림에서 보내는 시간은 이성민이 새로운 경지로 나아가게끔 만들지는 않았다.

다만 잊고 있던 것, 하지 않고 있던 것들을 새로이 깨닫게 했다.

둔해진 상태로 익숙해졌던 감각을 새롭게 깨웠다. 알고만 있되 경험이 부족하여 다루지 못했던 창법에 익숙해졌다. 부족했던 실전에 대한 감각을 지학과의 비무로 채웠다.

"내가 귀찮지 않습니까?"

언젠가, 이성민은 지학에게 그렇게 물었다. 언제나 하던 비무가 끝나고, 한숨을 돌리고 있던 때였다.

그 질문을 했던 시점에서 이성민은 더 이상 지학에게 어린 아이처럼 다뤄지지 않았다. 물론 그렇다고 해서 지학을 이길 수 있었던 것은 아니었다.

"내가 당신을 왜 귀찮게 여긴다고 생각합니까?"

"나는…… 약합니다. 그리고 지학 님은 강합니다. 나와 비무하는 것은 지학 님에게 그리 도움이 되지 않을 겁니다."

"꼭 그런 것도 아닙니다."

그때 지학이 했던 대답을, 이성민은 아직도 기억하고 있었다.

"이성민 님과 비무하면서 나는 내가 익혔던 무공들을 다시 점검하고 있습니다. 당신이 나와 비무하면서 알고 있던 것을 새로 깨치듯이, 나 역시 그러고 있습니다."

"지학 님과 같은 고수에게도 그런 것이 필요한 겁니까?"

"소림의 무공은 난해하고 깊습니다. 나는 그런 무공을 칠십이 개나 익혔으니 더 배우고 정진하여야 합니다. 무의 길은 끝이 없지요. 나는 더 먼 곳으로 가고 싶은 겁니다."

그 말.

"세상은 넓습니다. 이 넓은 세상. 전 차원에서 무작위로 소환된 이계인은, 에리아라는 세상을 너무 넓게 만들어버렸습니다. 앞으로도 이 세상은 계속해서 넓어질 겁니다. 이계인이 계속해서 소환되는 이상, 넓어질 수밖에 없습니다. 그것은 무학(武學)도 마찬가지입니다."

지학의 눈은 반짝거리며 빛나고 있었다. 그 말을 할 때의 지학은 소림의 무승 이전에 꿈꾸는 청년이었다.

"나는 세상이 넓음에 감사합니다. 내가 세상이 좁음을 한탄할 만큼 어리석지 않음에 감사합니다. 이 넓은 세상에는 나보다 잘나고 뛰어난 사람이 많습니다. 한 번뿐인 인생이지 않습니까. 저는, 저라는 인간이 이 세상에서 어디까지 갈 수 있을지 궁금한 겁니다."

이성민은 멍하니 그런 말을 들었다. 이성민이 보기에는 지학도 충분히 큰 인물이었다. 그는 이성민과 비교도 되지 않는 재능과 그릇을 지녔다. 그런 지학도 세상이 넓다 말하며 자신이 작다고 한다.

"이성민 님은 꿈이 있습니까?"

아.

'나'는 얼마나 작은가.

스스로 품었던 열등감이 우습다고 생각한다. 좌절 역시 우습다고 생각한다.

열등감에 찌들어 좌절하고 주저앉은 나 자신. 좌절에서 일어서는 것이 익숙하다고 하면서 쉽지는 않다고 생각하던 나 자신.

우습기 짝이 없다. 착각에 빠져 살았다.

나는 재능이 없다. 스타트 라인이 달랐다. 다시 한번 기회가 주어진다면 이전과는 다른 삶을 살 것이다.

실제로 기회는 주어졌다.

그래서 다른 삶을 살았는가?

살았다…… 라고는 할 수 있을 것이다. 하지만 '충실하였는가?'라는 질문에는 대답할 수가 없었다.

제나비스에서 소환되고서 6년이 흘렀다. 그 6년 동안, 나는 얼마나 노력했는가. 얼마나 열중하였는가. 얼마나 필사적이었는가.

이성민이 그토록 갖고 싶어 하던 '재능'을 가진 천재들보다 더 노력했는가? 더 열중했는가? 더 필사적이었나?

충실하였는가?

아니다.

절감했다. 할 수밖에 없었다.

검룡 남궁희원에게 패배했다. 소림의 지학에게 패배했다. 그들에게 패배하면서 느낀 패배감, 답답함, 약해 빠진 나 자신에 대한 자괴감.

그들뿐만이 아니다. 던전에서 프레스칸에게 제압되었을 때에도 자신의 무력함에 몸을 떨었다.

충실하게 살아오지도 않았던 주제에.

어릴 적부터 소림에서 지내온 지학은 틀림없는 천재였다. 온갖 종류의 영약을 받아먹고 소림의 모든 무승에게 교육을 받은 것이 지학이다. 하지만 지학은 오만하지 않았다. 자신의 힘과 재능과 가진 것들에 취하지도 않았다. 천재로 태어나 소림에서 살아온 지학의 삶은 이성민의 것보다 충실했고, 노력했으며, 열중했고, 필사적이었다.

그것은 남궁희원도 마찬가지일 것이다. 남궁세가에서 태어난 남궁희원이 살아온 삶도 이성민이 살았던 삶보다 밀도가 깊었을 것이다.

미치광이처럼 보이던 리치, 프레스칸도 마찬가지다. 그의 비원은 광기에 절어 있었지만, 그 비원을 위해 육체를 버려 리치가 되고 금기를 범해 마탑의 추격을 받아온 프레스칸의 평생은 이성민의 삶보다 밀도가 높았다.

시작점이 달랐다, 그들이 가진 것 같은 재능을 갖지 못했다, 상승 무공을 익히지 못했다, 영약을 먹지 못했다.

핑계였을 뿐이다. 구질구질한 핑계. 다른 누구보다 이성민 본인은 그를 잘 알고 있었다. 과거로 돌아오지 않았다면 모를까 과거로 돌아온 이성민에게 저것은 핑계일 뿐이다.

하지 않았기 때문이다. 상승 무공을 익혔다. 영약을 먹었다. 재능을 갖지 못했다? 과거로 돌아온다는, 세상에 다시없을 기회를 얻은 주제에. 도망 다니기만 했으면서.

그래.

여태까지는 그랬다.

"네 꿈은 무엇이냐?"

동굴 밖으로 잘 나오지 않던 불영대사는 요즘 들어서 부쩍 자주 밖으로 나왔다.

저무는 황혼을 보고 있던 이성민은 멍하니 그를 보다가 입을 열었다.

"모르겠습니다."

불과 1년 전이었다면 뭐라도 대답할 말이 있었을 것이다. 위지호연을 따라잡고 싶다고, 무의 끝을 보고 싶다고. 하지만 지금은 아니었다.

"일 년 전에 너는 꿈을 꾸고 싶다고 대답했다. 날고 싶다고도 대답했었다. 그리고 기는 것을 배웠다고 대답했었지. 걷는 법은 배웠느냐?"

"배웠…… 습니다."

"낄낄! 아해야, 너는 고작해야 한 걸음을 걸었을 뿐이란다. 이제야 알겠느냐? 네가 말한 '날고 싶다'라는 대답이 얼마나 막연하던 것이었는지."

날고자 하는 노력을 하였는가?

문득 떠오른 그 의문에 이성민은 머리를 가로저었다. 그런 노력을 하였다고 스스로 대답할 수가 없었기 때문이다.

"……불영대사, 당신께서는…… 나의 모순을 알고 있었습니까?"

"네가 꼬여 버린 것이 모순이라고 할 정도로 대단한 일이더냐?"

이성민의 질문에 불영대사가 크게 웃었다.

"아해야, 나는 너의 전부를 알지 못한단다. 신통력을 가진 이 늙은 중도, 네가 전부를 말하지 않는 한 전부를 아는 것은 불가능해. 하지만 네가 익힌 무공을 보았다. 그를 통해서 네가 어떤 심마(心魔)를 품고 있는지는 알았지."

심마.

불영대사는 그를 심마라고 말했다. 이성민은 그 말을 멍하니 들었다. 이성민이 품고 있던 열등감과 온갖 종류의 썩어빠진 감정은 심마라고 하기에 충분했다.

"아해야, 너는 최고에 가까운 창법을 알고 있으면서 그를 익히는 것을 포기했다. 흔해 빠진 기본기는 경지에 올랐으면서 정작 뛰어난 창법은 외면하고 있었지. 그것은 네가 익힌 대부분의 무공이 그러했다. 그래서 지학에게 너를 지도할 것을 말한 것이란다."

"……왜 나에게 먼저 말해주지 않은 겁니까? 먼저 알고 있었더라면…….”

“언제까지 타인에게 기댈 셈이냐?”

불영대사가 말했다. 그 말에 이성민의 표정이 움찔 떨렸다.

“너는 괴력난신의 사랑의 받고 있다. 그 정체를 알 수 없는 사랑은 가호로 작용되어 너에게 유리함을 주고 있지. 대부분의 인간은 너에게 이유 모를 호의를 느끼게 될 것이다. 너는 그를 알고 있느냐?”

이성민은 입을 반쯤 벌리고서 불영대사의 말을 들었다. 불영대사는 이성민의 표정을 힐긋 보면서 말을 이었다.

“그 호의라는 것은 참으로 애매한 것이다. 모든 이에게 작용하는 것은 아닐 터이지만 대부분의 인간은 너에게 호의를 느낄 것이야. 하지만 불가의 무공을 정통으로 익힌 나와 지학은 네 가호에 현혹되지 않는다.”

그것에 이성민은 놀랄 수밖에 없었다. 이성민은 어렴풋이, 지학이나 불영대사가 자신에게 호의를 느끼고 있는 것이라고 생각했기 때문이었다.

“너는 그 가호를 통해 타인과 보다 쉽게 친밀해지며 그들의 마음을 얻을 수 있었겠지. 그것이 너를 오만하게 만들었구나. 너는 스스로 하지 않고 타인이 해줄 것이라 기대하게 되었어.”

“나, 나는…….”

“내가 왜 너에게 그 말을 해주지 않았느냐고? 말해서 무엇이 바뀌느냐. 직접 깨치지도 못하였으면서 내가 말해주었다 한들 네가 변하려 하였겠느냐?”

이성민은 대답하지 못했다. 머뭇거리는 이성민을 향해 불영대사가 다시 말했다.

“너는 지학과 자신을 견주어 보면서 네가 가진 심마를 알았다. 그리고 그 심마를 몰아내고자 했지. 변함을 바란다고 하여 모든 인간이 변할 수 있는 것은 아니지만, ‘변하고 싶다’라는 마음을 스스로 먹는 것이 중요한 것이다. 그리고 너는 변하려 들고 있지. 열여덟 살이던 네가 스무 살이 되었구나. 다시 물으마. 네 꿈은 무엇이냐.”

“……무의 끝을 보고 싶습니다.”

“그것은 너 자신에게 속삭이는 듣기 좋은 거짓말일 뿐이다. 네 꿈은 무엇이냐.”

“위지호연에게…… 인정받고 싶습니다.”

“그 역시 거짓말이다. 급하게 갖다 붙인 그럴듯해 보이는 목표일 뿐이다. 네 꿈은 무엇이냐.”

“……바꾸고, 변하고 싶습니다.”

“무엇을?”

“나 자신을.”

그렇게 대답하자 불영대사가 기분 좋은 표정으로 웃었다.

"어려운 꿈이로구나. 무의 끝을 보고 싶은 것보다, 그 소천마 위지호연에게 인정받고 싶어 하는 것보다 자기 자신을 바꾸고 변하게 하는 것이 더욱 어려울 것이다."

불영대사는 그렇게 말하면서 이성민이 보고 있던 황혼을 보았다.

잠시 뒤, 불영대사가 말했다.

"네가 원한다면, 네 몸을 감싸고 있는 가호의 일부를 없애 줄 수 있다."

그 말에 이성민의 어깨가 움찔 떨렸다.

"선택은 네 몫이다. 아해야, 그 가호 자체는 너에게 아무런 위해도 끼치지 않는다. 타인에게서 받아내는 이유 없는 호의는, 그들에게 있어서는 충동과도 같은 감정이다. 그 가호를 내버려 둔다면 너는 많은 이에게 호의를 받을 수 있겠지."

"……부탁드립니다."

이성민은 불영대사에게 꾸벅 머리를 숙였다.

없앨 수 있다면 없애고 싶다.

그것은 진심이었다.

백소고에게서 사람과 사람이 만나고 이어지는 인연의 소중함에 대해 배웠다. 은혜와 갚음에 대해서도 배웠다. 하나 이성민이 가진 이 알 수 없는 가호는 타인과 이성민 사이에 존재하는 벽을 강제로 허물어뜨린다.

여태까지…… 겪었던 만남에서 이 가호의 덕도 제법 많이 보았을 것이다.

이성민은 그것이 싫었다.

가호를 통해 이어지는 인연은 거짓이 아닐까.

그에 대한 생각은 언제나 이성민의 마음 한구석에 남아 있었다.

"오냐."

불영대사가 웃으면서 머리를 끄덕거렸다.

다음 날 아침, 이성민은 불영대사와 마주 앉았다. 그리 오랜 시간이 걸리지는 않았으나, '끝났다'라고 말했을 때 불영대사의 얼굴은 굉장히 피로해 보였다.

언제나 악동처럼 웃던 불영대사가 저렇게 지친 얼굴을 하는 것은 처음 보아서 이성민은 걱정이 되어 물었다.

"괜찮으신 겁니까?"

"괜찮을 턱이 있나. 내 법력이 조금만 부족했어도 손을 대는 순간 죽어버렸을 터인데. 이 가호가 그리 깊이 새겨져 있지 않아 간신히 지우는 것이 가능했던 것이다."

그렇게 말하며 불영대사가 쿨룩거리며 기침을 했다. 한참 기침하던 불영대사는 숨을 헥헥거리면서 뒤로 벌러덩 누워 버렸다.

"후회해 봐야 늦었다. 지워 버린 가호는 다시 씌울 수가 없어."

"……후회고 자시고, 달라졌다는 감각이 없습니다."

"그야 그렇겠지. 네 가호는 타인에게 작용하던 것이었으니까."

불영대사는 그렇게 말하고서 피곤하다며 이성민을 내쫓았다. 이성민은 동굴 밖으로 나오다가 입구 근처에 박아 넣은 창과 갑옷을 보았다. 일 년 하고도 반이 지나면서 창과 갑옷은 지저분하게 변해 있었다.

이성민은 잠시 그것을 보다가 바닥에 던져두었던 낡은 창을 향해 다가갔다. 지학이 오기 전까지 구천무극창을 수행하기 위해서였다.

"아우."

스물한 살이 되었을 때, 남궁희원이 방문했다.

이성민은 아직도 소림에 있었다. 평소처럼 아침부터 창법을 수행하고 있던 이성민은 목소리가 들린 방향을 돌아보았다. 3년 만에 만난 남궁희원이 이성민을 향해 웃고 있었다.

이성민은 조금 놀란 표정을 지으면서 창을 내려놓았다.

"형님."

3년 만에 부른 형님이라는 말은 여전히 입에 붙지 않아 어색하게 느껴졌다. 사실 남궁희원을 형님이라 부르게 된 과정부터가 갑작스러웠고, 그 이후로 곧바로 소림에 남아 수행하게 된 탓이었다.

그렇다고 해서 3년 전에 형님이라고 부르기로 했던 것을 잊은 것은 아니었다.

오랜만에 본 남궁희원은 이전보다 머리카락이 조금 더 길어 있었다. 겉으로 보기에는 그랬다. 이성민은 남궁희원의 얼굴을 물끄러미 보았다.

"축하드립니다."

이성민은 남궁희원에게 살짝 머리를 숙여 보이면서 말했다. 그 말에 남궁희원이 너털웃음을 흘리면서 손에 들고 있던 술병을 흔들었다.

"이 빡빡한 산에 3년 동안 처박히면서 중이 된 것은 아니겠지?"

"……머리카락은 남아 있지 않습니까."

이성민은 쓰게 웃으면서 대답했다. 그러고 보면, 14살 때로 회귀하여 지금까지 살아오면서 단 한 번도 술을 입에 댄 적이 없었다.

남궁희원은 근처에 있던 바위에 털썩 앉았다.

"그렇다면 술이나 한잔하지. 오랜만에 만났으니까 말이야. 인연이 짧고 얕기는 하여도, 의형제는 의형제고 아우는 아우니까.”

이성민은 남궁희원의 근처에 있는 바위 위에 앉았다. 남궁희원은 품 안에서 술잔을 꺼내 이성민에게 던졌다. 이성민은 손을 들어 날아온 술잔을 받았다.

“장난이 지나치십니다.”

“후후!”

남궁희원이 즐거운 웃음을 흘렸다.

방금 남궁희원이 던진 술잔에는 상당한 공력이 담겨 있었다. 작고 약한 술잔에 공력을 실어 던졌음에도 금 하나 가지 않았으니, 남궁희원의 내공 수법이 상당한 경지에 이르렀다는 증거였다.

“많이 늘었군.”

그리고 이성민은 그런 술잔을 무리 없이 받아냈다.

남궁희원이 소리 죽여 웃었다.

이성민은 받은 술잔을 만지작거리면서 대답했다.

“반박귀진을 완성하셨군요. ……초절정의 경지에 오르신 것. 축하드립니다.”

“갑작스러운 깨달음이 있었어. 아니, 그것을 깨달음이라고 해야 할까……. 그냥 자고 일어나니까. 어느 순간 자연스럽게 이렇게 되더군. 환골탈태는 엿 같은 기분이었지만 말이야.”

지금의 남궁희원은 겉으로 보기에는 내공의 흔적이 느껴지지 않았다. 긴 세월 검을 휘둘러 왔기에 체격이 건장하기는 하였지만, 육체적인 강인함을 제외한다면 무공을 익힌 흔적이 보이지 않았다.

반박귀진에 환골탈태까지 했다면 초절정의 초인이 되었다는 말과 똑같았다.

"아우는 묘해졌군."

남궁희원이 이성민을 향해 술병을 던졌다. 이번에는 내공을 실어 던진 것이 아니었다.

이성민은 자신의 술잔에 술을 반쯤 채우고서 남궁희원에게 술병을 돌려주었다.

"기도가 안정되었어. 반박귀진은 아니지만…… 이전처럼 기도도 제대로 갈무리하지 못해 날뛰어 내비치던 모습과는 달라. 소림의 수행이 제법 도움이 되었나 보군. 아니면 절밥이 싱거워서인가?"

"그렇습니까?"

"응, 몸도 장성하였고…… 그리고 또 묘한 것이 있어. 예전에는 아우의 얼굴을 보면 괜히 마음이 들뜨고 그랬었는데, 지금은 아니야. 단순히 그때의 내가 질풍노도의 시기라 남색 취향을 가지고 있었을 뿐인가?"

남궁희원이 이상하다는 표정을 지으면서 머리를 갸웃거렸다. 그 말에 이성민은 풋 하고 웃음을 터뜨렸다. 불영대사가 이성민의 몸에 어린 가호의 일부를 지워준 덕분이다. 타인의 감정에 충동을 불어넣던 그 가호는 더 이상 이성민에게 작용하고 있지 않았다.

"하지만 오랜만에 만나서 반가운 것은 사실이야. 아우의 실력이 상승한 것도 즐겁고."

"이전까지는 찾아오지 않으시더니. 일 년에 한 번 소림에 오시는 것 아니었습니까?"

"마음잡고 수행하는 사람에게 매년 뻔질나게 찾아갈 만큼 나는 뻔뻔한 사람이 아니야. 슬슬 이쯤 가 보면 뭔가 성과를 얻었을 것 같아서 와봤는데…… 생각대로였군. 아우는 3년 전과 비교도 안 될 정도로 뛰어나졌어."

"형님에게는 상대가 안 될 겁니다."

"그야 그렇지. 나는 초절정의 경지에 올랐으니까. 하지만 지금 세상에서는 초절정으로는 명함도 못 내밀어. 고수가 너무 많거든."

남궁희원은 그렇게 투덜거리면서 자신의 술잔에 술을 채웠다.

이성민과 남궁희원이 술잔을 들어 올렸다. 오랜만에 마신 술맛은 예전처럼 달게 느껴지진 않았다.

"무슨 말입니까?"

"아, 하긴 아우는 이곳에 처박혀 있었으니 바깥의 소문에 어둡겠군. 알고 있나? 그때 아우와 함께 소림에 왔던 스칼렛 님이 적색 마탑주가 되었어. 나는 마법 쪽은 잘 모르기는 하지만…… 하하! 그래도 대단하다는 것은 알지. 기존의 적색 마탑주와 마법 승부를 하여 압도적으로 승리를 거두었다더군. 역대 최연소 마탑주라고 해."

아, 벌써 그 시기인가.

이성민은 손목에 채워진 팔찌를 힐긋 내려 보았다.

슬슬 시기가 되었으리라고는 생각했었다. 본래의 미래에서도 스칼렛은 레시르 학파를 확립하여 적색 마탑주의 자리에 오르기로 되어 있다. 지난 3년 동안, 이성민의 손목에 채워진 팔찌가 반응을 보인 적은 없었다.

"소천마 위지호연이 본격적으로 활동하기 시작하면서 그녀의 아래에 추종자들이 모여들고 있어. 소천마의 나이가 이제 스물이라고 했던가? 후후, 대단한 미인이라고 하던데…… 그러면서 초절의 실력을 가지고 있으니 추종자가 모이는 것도 당연해. 듣자 하니 북방의 혈천마도 위지호연을 견제하고 있는 모양이고."

소천마와 그를 따르는 추종자들은 이성민도 기억하고 있다. 다만 현생의 현재는 전생의 과거와는 상당한 차이를 가지고 있었다.

전생의 위지호연은 남자라는 소문이 떠돌았지, 지금처럼

여자라고 확정되지 않았었다.

또한 추종자가 붙는 시기도 조금 이른 감이 있었다. 이성민이 기억하는 한, 위지호연에게 추종자들이 붙는 것은 위지호연이 던전에서 다른 초고수들을 몰살시키고 홀로 나온 뒤였기 때문이다.

"그 외에도 많은 신진 고수가 이름을 알리고 있지. 비무행을 벌이고 있는 검귀 독비준도 그렇고, 작은 마을을 불안으로 떨게 하는 몬스터들을 보수 없이 토벌하는 묵섬광 백소고도 최근에 이름을 날리고 있지."

남궁희원에게 들은 이름에 이성민은 가슴이 먹먹해지는 것을 느꼈다. 특히 백소고의 이름은 굉장히 오랜만에 들어보았기 때문이다.

이성민은 잠깐 멍하니 남궁희원의 얼굴을 보다가 조심스레 물어보았다.

"……백소고 님이…… 어디에 있는지 아십니까?"

"응? 뭐야. 아우, 묵섬광에게 관심이 있었나? 소문으로는 백발의 미녀라고 하던데…… 어디에 있는지는 나도 몰라. 독비준도 그렇지만 백소고도 워낙에 떠돌아다닌다고 해서. 마지막으로 소문이 들렸던 곳도 남궁세가 근처였으니, 이곳에서 한 달은 이동해야 하지."

남궁희원의 말을 들으면서 이성민은 머리를 끄덕거렸다.

앞으로 2년 남았다.

이성민의 나이가 스물셋이 되고서, 묵섬광 백소고와 검귀 독비준은 던전에서 소천마 위지호연에게 살해당한다. 그리고 이성민은 그 죽음을 막아야 한다.

가장 이상적인 것은 백소고가 던전에 가지 못하게 하는 것이다. 아직 던전이 개방되기까지 시간이 꽤 남아 있기는 하지만, 할 수 있다면 미리부터 백소고의 위치를 파악해 두고 그녀와 만나야 한다.

'지금의 나는 위지호연을 막을 수가 없어.'

그것은 2년 후에도 마찬가지일 것이다. 지학은 위지호연이 초절정의 경지를 초월한 괴물이라고 했다.

이성민이 지학과 처음 비무를 시작했을 때부터 지학은 반박귀진을 완성한 초절의 고수였다.

그런 지학을 쉽사리 상대했다는 위지호연의 경지를, 이성민은 감히 상상도 할 수가 없었다.

이성민은 소림에서 3년 동안 수련하면서 가지고 있던 대부분의 단점을 보완했다.

아직 심, 기, 체의 어그러짐을 잡지 못해 불안정한 상태이기는 했지만. 내공을 조율하고 다루는 수법이 크게 발전하였고 무뎌졌던 감각들도 날카롭게 세웠다.

그 과정에서 이성민이 므쉬의 산에서 얻었던 육감도 기존의 감각이 뜨여지는 과정에서 더욱 진해졌다.

알고는 있었지만 제대로 펼치지 못했던 무공들. 그것은 지학과의 비무를 거듭하면서 익숙해졌다. 익히는 것을 반쯤 포기하여 도망쳤던 구천무극창과 무혼탈영도 숙련되었다.

고행에 대한 성취가 확실하게 보장되어 있던 므쉬의 산이 아니기에, 3년을 수행했음에도 무공은 크게 늘지 않았다. 다만 '알고 있던 것'을 제대로 펼치게 되었을 뿐이다.

그것뿐이었음에도 이성민의 실력은 굉장히 늘었다. 여전히 지학과의 비무에서 승기를 잡을 수는 없었지만, 처음 때처럼 일방적으로 패배하지는 않게 되었다.

"한번 얼굴이나 보기 위해 왔을 뿐이야. 얼굴을 보니까…… 좋긴 하군. 짧고 얕은 인연이라고는 해도 그렇기에 느낄 수 있는 반가움이 있는 법이지."

남궁희원은 그렇게 말하면서 술잔에 다시 술을 채웠다.

이성민은 그런 남궁희원의 얼굴을 물끄러미 보다가 물었다.

"무슨 고민이라도 있으십니까?"

"아주 눈치가 없는 것은 아니군. 물어봐 주니 고마운데."

"도움이 되어주겠다는 말은 함부로 못 하겠습니다. 하지만 들어드릴 수는 있을 겁니다."

"상관없어. 나도 그냥 한탄하고 싶은 것뿐이니까."

남궁희원이 술병을 허공에 놓았다. 둥실 떠오른 술병이 천천히 이성민에게 다가왔다.

"모용 소저가 혼인했거든."

격공섭물로 날아온 술병을 잡으면서 감탄하고 있던 이성민의 표정이 살짝 굳었다.

모용 소저.

모용세가의 영애인 화설 모용서진.

3년 전, 남궁희원과 함께 처음으로 소림에 왔을 때 전음으로 소개를 들었었다. 당시의 남궁희원은 모용서진을 두고서 자신이 사모하고 있는 여인이라고 했었다.

"……그렇군요."

"어쭙잖은 위로도 해주지 않는 건가?"

"상대가 누구입니까?"

"은비룡 제갈태령."

남궁희원이 술잔을 입가로 가져가면서 대답했다. 역시 소개를 들어 알고 있는 인물이었다.

이런 경우에는 뭐라고 말을 해야만 할까.

이성민은 잡은 술병을 어루만지면서 잠깐 동안 고민에 잠겼다. 전생의 기억을 더듬어 보았지만 이런 류에 대해 조언을 던질 상황에 처했던 적은 없었다.

차라리 미리 알고 있었더라면 3년 전에 뭐라고 언질이라도 주었을 터인데, 전생의 기억에서 모용서진이 누구와 혼인했는지 따위는 기억하지 못하고 있었다.

"……어……음……."

"후후! 위로를 바라고 한 말은 아니야. 말하지 않았나. 그냥 한탄하고 싶은 것뿐이었다고."

남궁희원은 그렇게 말하면서 빈 술잔을 내려 보았다.

"물론 나도 병신은 아니야. 숙맥도 아니고. 일이 그렇게 되기 전에 모용 소저에게 마음을 전하기는 했었지. 거절당했지만 말이야. 내가 너무 오만하고 안하무인이라 싫다더군."

확실히 남궁희원은 그런 면이 심했다. 그것은 명문세가인 남궁세가의 후계자라는 것에 대한 오만함이 아니라, 남궁희원이라는 인간 자체가 품고 있는 오만함이었다. 굳이 말하자면 가진 재능과 실력에 대한 오만함이라 해야 할 것이다.

"그래서 변하려고 했지. 하지만 인간이라는 것은 쉬이 변할 수 있는 것이 아니야. 특히 타고난 성정은 바꾸고 싶어도 바꿀 수가 없어. 나는 이런 인간으로 태어나고 자라오며 더욱 이런 인간이 되었지. 바꿀 수가…… 없는 거야. 그렇기에 연기해 보려고 했지. 안 맞는 옷을 입고서."

남궁희원은 그렇게 중얼거리며 몸을 일으켰다.

"나는 광대가 아니야. 광대의 재능도 없고. 그래서 연기하는 것에 능숙하지 못했어. 결국 모용 소저는 나를 받아주지 않았고, 나보다 오만하지 않은 은비룡과 혼인했다. 그게 전부인

이야기야. 후후후!"

남궁희원이 마지막에 붙인 웃음은 진한 자조가 섞여 있었다.

인간은 변할 수 없다.

이성민은 남궁희원의 말에 담긴 뜻을 느끼며 착잡한 눈으로 그를 보았다.

인간이 변하기 힘들다는 것은 이성민도 잘 알고 있었다.

"그래서 그만두었다, 광대놀음을. 도피처가 필요했어. 몰두하고 싶은 것이 필요했지. 그 순간에 눈에 보인 것은 검이었고, 정신을 차려보니 검을 쥐어 휘두르고 있었다. 무슨 말을 하고 싶은 것인지 알겠나?"

"모르겠습니다."

"내 검은 추악해."

남궁희원이 얼굴을 일그러뜨리며 웃었다.

"보답 받지 못한 연심의 쓰림을 달래기 위해 도피로 휘둘러 도달한 검이다. 해서…… 만족스럽지 못해. 즐겁게 휘두른 검이 아니었거든. 아우는 어땠지?"

"예?"

"이곳에서 보낸 3년. 3년간 한 수행은…… 즐거웠나?"

남궁희원이 이성민의 눈을 들여다보면서 물었다.

이성민이 기억하고 있던 남궁희원의 눈은 자신감과 자부심으로 가득 찬 눈이었다. 이성민은 그런 남궁희원을 오만하다고 생각했으면서도 싫어하지는 않았다.

앎이 짧기는 하였어도 남궁희원과 나눈 이야기와 짧았던 비무, 패배, 그에게 들었던 조언은 이성민에게 깊이 새겨졌었다.

"어울리지 않는 질문을 하십니다."

"마음의 상처 때문이지. 아직 낫지 않았거든. 오히려 곪아가고 있을지도 모르고."

"……저는…… 즐거웠습니다. 그랬다고 생각합니다. 저는 이 산에서 저의 부족함을 알았습니다."

"부족함을 아는 것이 즐거웠나."

"그를 알고 나아가는 것이 즐거웠습니다."

"뒤로 미뤄야겠어."

남궁희원이 중얼거렸다.

"아우의 기도가 다듬어진 것을 보고 비무를 해보고 싶다고 생각했지. 3년 전의 비무는 생각보다 재미가 없었거든. 하지만…… 뒤로 미루지. 나는 지금의 내 검이 마음에 들지 않는데다가 아우는 더 나아갈 수 있을 듯해. 뒤로 미루어 즐기는 것도 좋겠지."

남궁희원은 그 말을 남기고서 자리를 떠났다. 그리 많은 대화도, 그렇다고 많은 시간을 보낸 것도 아니었다.

남궁희원이 자리를 떠나고서 얼마 지나지 않아 지학이 모습을 드러냈다.

"검룡 남궁희원. 이야기는 많이 들어보았습니다만, 생각했던 것 이상으로 뛰어난 인물이군요."

"왜 이제 나오시는 겁니까?"

"마주쳤다면 비무를 청했을 겁니다. 그렇게 된다면 나는 거절하지 못했을 것입니다. 어떤 결과가 나오든 나 자신은 그를 받아들이고 즐길 수 있지만, 소림의 미래인 나는 나 스스로 선택하여 비무를 해서는 안 됩니다."

지학은 그렇게 말하면서 쓰게 웃었다. 지학은 소림의 미래라 불리는 것을 자랑스럽게 여기고 있었지만, 소림의 미래이기에 자신을 구속하는 면이 강했다. 그것이 지학이라는 인간이다.

문득, 그런 생각이 들었다.

'나는 어떤 인간인 것일까.'

답을 내놓기에 어려운 고민이었다. 전생의 이성민과 지금의 이성민. 그것은 같은 이름을 가진 인간이었지만 달라도 너무 다르다.

"오늘은 창을 쓰겠습니다."

"'오늘은'이 아니라 '오늘도'라고 해야 하는 것 아닙니까? 어제도 창을 쓰셨는데."

"이성민 님과 창을 들고 겨루는 것이 즐겁기 때문입니다.

이성민 님의 구천무극창은 상대하면 상대할수록 재밌어요. 구천무극창은 잘 만들어진, 뛰어난 창법입니다. 이성민 님과 나 사이에는 많은 격차가 있는데, 그럼에도 내가 즐길 수 있을 정도입니다. 이런 창법을 고작해야 13살의 나이에 뜯어고쳐 냈다니…… 소천마의 천재성은 생각하면 생각할수록 경이적이로군요."

3년의 시간 동안 이성민은 지학과 많은 이야기를 나누었다.

죽음에서 회귀했다는 이야기는 하지 않았지만, 위지호연과의 인연과 익힌 무공에 대해서는 이야기해 주었다.

비무는 이번에도 지학의 승리였고, 이성민의 패배로 끝났다. 3년 동안 매일같이 겪은 패배였지만, 패배에서도 무언가를 배울 수 있음을 이성민은 알고 있었다.

그리고 1년이 흘러 이성민의 나이가 22살이 되었을 때, 이성민은 소림을 내려왔다.

3장
드리무어(1)

"어디로 가십니까?"

승복을 입은 탓일까. 브레던의 성문 경비병은 이성민에게 꾸벅 머리를 숙여 보인 뒤 정중한 목소리로 물었다.

브레던은 소림의 영향을 많이 받고 있는 도시다. 비록 이성민이 머리를 민 중이 아니어도 소림의 승복을 입고 있는 이상 대우를 받게 되는 것이다.

"드리무어로 갑니다."

이성민의 대답에 경비병이 머리를 끄덕거렸다.

성문을 지나친 이성민은 말을 타지 않았다. 브레던과 드리무어가 비교적 인접해 있는 도시라고 하여도 말을 타지 않고 걸어 이동한다면 보름은 걸릴 것이다.

갑작스레 소림을 내려오게 된 이유는 불영대사의 심부름

때문이었다. 심부름의 내용은 드리무어에 있는 화산파에 서찰을 전하는 것이다.

본래는 지학이 가야 할 일이었지만, 목적지가 드리무어라는 것에 이성민이 여태까지의 은혜를 갚겠다며 대신하여 심부름을 하겠다고 자원했다.

화산은 구파일방 중 하나로 검법이 유명한 도가 계열의 문파다. 도가에 검법이 유명하다고 하여 무당파와 곧잘 비교되고는 하지만, 대부분의 사람은 화산의 검법이 무당의 검법에 비해 조금은 떨어진다고 여기고 있다.

그것은 구파일방의 태산북두라는 말로 드러난다.

태산은 소림, 북두는 무당.

화산은 없다. 비교되어 조금 떨어진다는 평가를 받고 있기는 하지만, 애초에 화산의 검법은 무당의 검법과 추구하는 바가 다르다.

화산의 검법은 화려하여 변과 환을 담는다. 반면에 무당의 검법은 화려함보다는 묵직함을, 변화보다는 정적을 담는다.

'화산을 보는 것도 좋을 것 같아.'

본래 화산파는 화산에 있다고 하여 화산파로 불린다. 하지만 그것은 중원의 이야기다. 에리아는 중원이 아니기에, 화산이 없다. 단지 소림이 그러했듯이 화산이 아닌 산을 화산이라 이름 붙여 그곳에 본파를 세워두었다.

마침 시기가 좋았다. 불영대사의 심부름은 어디까지나 계기였을 뿐이다.

소림에서의 수행도 가치 있고 충실하기는 하였으나, 이성민은 드리무어로 가야 할 이유가 있었다. 므쉬에게 전해 들은 대로 시간의 신 데니르를 만나야 했기 때문이다.

"네블."

성문을 떠나 걷다 해가 저물 즈음, 이성민은 노숙을 준비한 뒤에 네블을 불렀다.

3년 동안 소림에서 지내면서 이성민은 단 한 번도 네블을 불러본 적이 없었다.

"오랜만입니다."

그림자 속에서 솟구친 네블은 시간이 제법 흘렀음에도 조금도 변함이 없는 모습이었다. 그는 이성민을 향해 꾸벅 머리를 숙였다. 이성민은 기이할 정도로 변하지 않은 네블을 물끄러미 보다가 입술을 열었다.

"셀게루스 님과 연결해 주십시오."

"알겠습니다."

지난 3년간 무슨 일이 있었던 것인지 네블은 묻지 않았다.

네블이 이성민의 그림자 안으로 들어가 모습을 감추었다. 잠시 뒤, 이성민의 앞에서 공간이 쩍 하고 찢어졌다.

"죽은 줄 알았어."

네블이 변하지 않았듯이 셀게루스도 크게 변하지 않았다. 다크 엘프인 그녀의 시간은 인간보다 훨씬 느리게 흐르기 때문이다.

셀게루스의 말을 들으면서 이성민은 쓰게 웃음 지었다.

“제가 죽기를 바라셨던 겁니까?”

“당연히 아니지. 많이 변했네. 하긴, 3년이라면 인간은 늙는 시간이니까.”

셀게루스는 그렇게 말하면서 끼고 있던 두툼한 장갑을 벗었다. 그녀는 땀에 전 손을 앞치마에 문질러 닦으며 물었다.

“생존신고라도 하려고 부른 거야?”

“아…… 그건 아닙니다.”

이성민은 그렇게 말하면서 아공간 포켓을 열었다. 안에서 꺼낸 창과 마갑은 3년이라는 세월 동안 풍파에 젖어 많이 낡아 있었다.

그것을 보며 셀게루스의 눈썹이 팍 하고 찡그려졌다.

“대체 어떻게 썼기에 저 모양이 된 거야? 너, 어디 전쟁터에서 구르기라도 했어? 전쟁이 났다는 소문은 없었는데…….”

“약간의…… 사정이 있었습니다. 관리를 전혀 하지 못해 많이 낡아버렸습니다만. 보수가 가능할까요?”

3년 동안 이성민은 이 창과 마갑을 사용하지 않았다. 눈에 보이는 동굴의 입구에 놓아두었던 이유는, 이것을 하나의 상징으로 삼고자 했기 때문이다.

오만하고 태만했던 자신. 현실에서 도망쳐서 보상심리로 삼았던 창과 마갑을 보이는 장소에 두어 매일 거듭해 수행하면서 자신의 나약함을 끊어내고 싶었다.

“가능은 하지. 갑옷 쪽은 처음 보는데. 한번 봐도 될까?”

“아, 예. 물론입니다.”

네블이 셀게루스 쪽으로 마갑과 창을 전해주었다. 셀게루는 창보다는 마갑 쪽에 관심을 보였다.

“이건…… 아티팩트로군. 중심이었던 마법이 사라지기는 했지만 보조적인 마법들은 제대로 기능하고 있네.”

마갑은 마력을 불어넣으면 자동으로 착용된다. 그뿐만이 아니라 어지간한 손상은 시간이 흐르면서 자동으로 수복된다.

“관리를 제대로 하지 않아 손을 대긴 해야 할 텐데. 크게 문제는 없을 거야. 창도 마찬가지고.”

셀게루스의 대답에 이성민은 안도의 한숨을 내쉬었다. 3년 동안 방치한 탓에 쓸 수 없을 정도로 망가진 것이 아닐까 걱정하였는데, 그 정도는 아닌 것 같았다.

“따로 추가할 의뢰는?”

“아직은 없습니다. 우선은 보수만 부탁드립니다.”

“알았어. 사흘 정도면 될 거야.”

“아…… 괜찮다면, 당분간 그것들을 맡아주실 수 있으십니까?"

"왜?"

"아직 저에게 어울리지 않는 것 같습니다."

이성민의 대답에 셀게루스가 눈을 동그랗게 떴다. 잠깐 동안 이성민을 보던 셀게루스가 입맛을 다시면서 머리를 끄덕거렸다.

"뭐, 맡아주는 것은 어려운 일이 아니니까. 만약을 위해서 말해두는데. 내가 한가할 때 조금 주물러 봐도 되겠지?"

"예?"

"손이나 풀 겸. ……어울리지 않는다고 했잖아? 설마 부정적인 의미는 아니겠지?"

"물론 아닙니다. 너무…… 좋은 창이라서요. 지금의 제가 다루기에 아까울 정도로. 그래서 당장은 쓰고 싶지 않은 겁니다."

"대장장이한테는 최고의 찬사야. 그러니까, 시간 나고 심심할 때마다. 손이나 풀 겸 주물러 볼게."

"더 뛰어나진다면 더 쓰기 힘들 텐데……."

"그렇다면 너도 더 뛰어나지도록 노력하면 되는 거잖아."

셀게루스가 피식 웃으면서 말했다.

셀게루스와의 이야기가 끝난 뒤에 이성민은 네블에게 말했다.

"정보를 구입하고 싶습니다."

"어떤 정보를 원하십니까?"

"검귀 독비준, 묵섬광 백소고에 대한 정보입니다."

"그리 어려운 의뢰는 아니군요. 그 셋은 최근 한창 유명세를 떨치고 있는 무인들이니까요. 무엇을 위주로 알아봐 드리면 되겠습니까?"

"현재 위치에 대해 부탁드립니다."

"알겠습니다. 내일까지는 원하시는 정보를 가져다드리도록 하겠습니다. 정보 값도 내일 말씀드리지요."

"아, 그리고…… 소천마 위지호연에 대한 정보도 부탁드립니다."

"알겠습니다."

네블이 머리를 숙이면서 답했다. 그것으로 네블과의 이야기는 끝이었다.

다음 날 정오가 조금 넘었을 때.

[지금 정보를 전해드려도 되겠습니까?]

드리무어로 이어지는 길을 걷고 있던 이성민의 머릿속으로 네블의 목소리가 들렸다. 이성민은 걸음을 멈추고서 머리를 끄덕거렸다.

"에레브리사와 연결되어 있는 정보 길드들에게서 종합해

추린 정보들입니다. 정확함에 대해서는 자부할 수 있습니다."

네블은 자그마한 수정 구슬을 쥐고 있었다. 이성민이 그것을 바라보자 네블이 피식 웃으면서 말했다.

"이 안에 정보가 들어 있습니다."

정보료가 조금 비싸기는 했지만, 소림에서 생활하면서 돈을 한 푼도 쓰지 않은 덕에 지불하는 것에 큰 어려움은 없었다.

계산이 끝나자 네블이 수정 구슬을 건네주었다.

"어떻게 쓰면 됩니까?"

"내공을 불어넣어 보십시오."

네블의 말에 이성민은 수정 구슬에 내공을 불어넣었다. 그러자 수정 구슬이 회색으로 변하였고, 대신에 이성민의 머릿속에 원했던 정보가 전해졌다.

가장 먼저 알게 된 것은 백소고에 대한 정보였다. 백소고는 힘없는 이들에게 대가 없는 선행을 베풀면서 협객으로서 이름을 알리고 있었다.

현재 백소고는 대도시 루베스에서 일주일째 체류 중이었고, 그것은 뚜렷한 목적이 있기 때문이 아니라 단순히 여행 중인 모양이었다.

백소고가 협객으로서 이름을 알리고 있다면, 검귀 독비준은 승부사로 이름을 알리고 있었다. 그는 이름난 무인과 문파들을 찾아가면서 비무행을 벌이고 있다.

독비준에 대한 정보를 알면서 이성민은 조금 놀란 표정을 지었다.

'화산으로 향하고 있다고?'

확정된 사실은 아니었다. 이것은 어디까지나 독비준의 행보를 통해 정보 길드 쪽에서 추측한 것뿐이다.

현재 독비준은 드리무어로 향하고 있었고, 드리무어에 있는 무림 문파 중에서 독비준이 관심을 보일 만한 문파는 화산파뿐이었다.

어쩌면 독비준과 화산에서 만나게 될지도 모른다. 므쉬의 산에서 독비준과 크게 엮였던 적이 있는 것은 아니지만, 그때의 산에서 같이 수행하던 독비준과 다시 만나게 된다면 반가운 기분이 들 것 같았다.

'아니, 생각해 보면 독비준 님는 내 얼굴을 모를 텐데.'

산에서 독비준을 만났을 당시, 독비준은 두 눈의 금제를 받고 있었다.

독비준의 정보 다음으로는 위지호연에 대한 정보가 기억에 새겨졌다.

그 정보를 확인하고서 이성민은 꿀꺽 침을 삼켰다.

'전생과는 달라.'

전생에 소천마 위지호연이 유명하지 않았던 것은 아니다. 하지만 위지호연이 이름을 크게 알린 것은 던전에서의 사건

이후다.

당시의 던전에는 백소고와 독비준 외에도 내로라하는 고수들과 뛰어난 실력의 마법사들이 있었다.

그들 모두를 몰살시키고, 혼자 던전을 정복하고서 나왔기에 위지호연은 소천마라 경외 받는 괴물로 군림하게 된 것이다.

하지만 '현재'는 아니었다. 위지호연은 이성민이 기억하고 있는 전생과는 다르게 이른 시점에서부터 이름을 알리고 있었다.

그에 대해서는 일 년 전에 남궁희원에게도 들었지만, 그부터 일 년이라는 시간이 흐르면서 위지호연은 더한 거인이 되어 있었다.

수정 구슬을 통해 전해 받은 정보에는 위지호연의 최근 모습도 새겨져 있었다.

그것은 마치 두 눈으로 직접 본 것처럼 선명했다. 이성민은 기억 속에 새겨진 위지호연의 모습을 떠올리며 몸을 떨었다.

그녀는 머리를 길게 길렀다. 남장도 하지 않았다. 털이 풍성한 외투를 그 위에 걸쳤고, 그 아래에는 몸의 굴곡을 숨기지 않고 드러내는 옷을 입었다.

위지호연의 어깨를 감싸 흘러내리고 있는 비단과 같은 긴 어깨걸이가 그녀를 체구보다 훨씬 더 크게 느껴지게 했다.

백소고와 독비준과 비교해서 위지호연의 정보는 그 양이 제법 많았다. 그만큼 위지호연이라는 이름이 현 에리아에서 큰 폭풍을 만들어내고 있다는 뜻이었다.

위지호연의 행보에 붙은 추종자들은, 스스로를 천마군(天魔軍)이라 칭하며 위지호연의 곁을 떠나지 않고 있다고 했다.

그 숫자는 그리 20명 남짓으로 그리 많지 않았지만, 모두가 절정의 수준을 넘은 고수라는 모양이었다.

그 덕분에 숫자가 그리 많지는 않아도 많은 세력이 위지호연을 견제하고 있었다.

특히 위지호연을 견제하고 있는 것은 구파일방과 사대세가를 중심으로 한 명문세가들이었다.

그들은 정파이기에 소천마라 불리는 위지호연과 그녀를 중심으로 힘이 모이고 있는 것을 그리 좋게 보지 않고 있는 것이다.

현재 위지호연은 북쪽 도시인 제라르 인근에서 목격되었고, 그에 대해서도 정보 길드들은 위지호연의 행보를 예상했다.

혈천마 백무선과의 충돌.

혈천마 백무선은 만년설이 쌓인 에리아 최북단에서 준동하고 있는 괴물이다. 그 지역에서 백무선은 귀족 이상의 위세를 가지고 있었다.

소천마 위지호연의 행보는 백무선과 혈천맹의 본거지라고

할 수 있는 북방의 도시, 트리기아로 향하고 있었다.

정보 길드들은 천마라 불리는 두 인물의 성향을 통해서 둘이 충돌할 것임을 예측하고 있었다.

'이것도 전생과는 달라. 위지호연과 백무선은 충돌한 적이 없었어. 위지호연은 중앙에 있었고, 백무선이 북방을 완전히 점령한 뒤에 남하하였는데…….'

왜 전생과 다르게 흘러가고 있는 것일까.

전생과 다른 것이 행보뿐만이 아니다. 위지호연의 차림새도 달라졌다. 남장을 아예 포기했다는 것…… 그것은 위지호연의 가치관이 전생과는 달라졌다는 뜻일까.

신경 쓰이기는 했지만 그렇다고 해서 지금 당장 북방으로 향할 수는 없었다. 불영대사의 심부름도 해야만 했고, 시간의 신 데니르도 만나야만 했다.

애초에 이성민이 지금 북방으로 간다고 해서 무엇을 할 수 있겠는가.

할 수 있는 일을 해야만 했다. 소림에서 이성민은 그것을 확실하게 알았다. 지금 이성민이 해야 하는 것은 드리무어로 향하는 것이다. 이성민은 회색으로 변한 수정 구슬을 내려 보다가 네블을 보았다.

"전해진 정보에는 만족하셨습니까?"

"예."

"그 수정 구슬은 일회용입니다. 그리 큰 가치는 없으니 버리시는 것이 나을 겁니다."

네블은 그렇게 말하면서 꾸벅 머리를 숙였다.

"다음의 만남을 기대하고 있겠습니다."

네블이 모습을 감추었다.

이성민은 손에 잡힌 수정 구슬에 힘을 주었다. 파각 하고 금이 간 수정 구슬은 산산이 조각나서 바닥으로 떨어졌다. 이성민은 머릿속에 남은 위지호연의 모습을 다시 한번 떠올리면서 크게 숨을 삼켰다.

14살에 헤어지고서…… 지금의 나이가 22살이니. 8년 만인가.

비록 실제로 본 것이 아니라고는 해도, 8년 만에 본 위지호연의 모습은 어린 시절의 모습을 상상하기 힘들 정도로 변해 있었다.

그녀는 아름다웠다. 아름답게 변해 있었다.

'가슴은 그리 크지 않은 것 같았지만.'

위지호연이 마지막으로 했던 말을 떠올리면서 이성민은 풋 하고 웃었다.

잠깐 잠을 잤다.

꿈을 꾸지는 않았다. '그녀'는 대부분 그랬다. 잠을 옅게 자도, 깊이 자도. 꿈은 잘 꾸지 않는다.

현실에 충실하고 매일을 살아가고 있는 그녀는 꿈속의 세계에 그 어떤 매력도 느끼지 못하고 있었다.

잠에서 깨어나면 흐릿해지다가 사라지는 기억에 아쉬움을 느껴본 적도 없었다.

그녀는, 위지호연은 꿈을 꾸지 않는다. 잠들어 꾸는 꿈을 즐기지 않는다. 잠을 자는 행위는 위지호연에게 있어서는 피로를 푸는 것과 동시에 효율적으로 시간을 보내는 행위에 지나지 않았다.

눈을 뜬 위지호연은 웅크리고 있던 몸을 일으켰다.

거센 눈보라가 몰아치고 있었다.

에리아 최북단인 트리기아는 매일매일이 겨울이고 눈이 녹지 않는 곳이다.

내린 눈은 녹지 않고 쌓이고 쌓여 얼어붙는다. 공기는 폐를 얼어붙게 할 만큼 차갑다.

두꺼운 옷을 몇 겹으로 껴입지 않는다면 버티기 힘들 만큼 가혹한 추위를 가진 곳이 이곳이다.

하지만 위지호연의 차림새는 방한에는 그리 크게 신경을 쓰지 않은 모습이었다. 그녀는 털이 풍성한 외투를 걸치기는 하였으나 그 아래에는 두꺼운 옷을 입지 않았다.

그렇다고는 해도 위지호연은 추위를 느끼지 않았다. 그녀는 이미 한서불침을 완성하였기에 추위에 침범되지 않기 때문이다.

그렇기에 이렇게 세찬 눈보라가 몰아치는 바깥에서 웅크려 잠드는 미친 짓을 한 것이다.

다만 흩날리는 눈발이 머리카락과 피부에 붙는 것은 귀찮았다. 위지호연은 머리 위를 향해 손을 뻗었다.

몰아치는 눈발과 바람을 막아주고 있던 흑룡포(黑龍包)가 위지호연의 손짓에 따라 아래로 내려와 그녀의 몸을 감쌌다.

힘없이 나풀거릴 것처럼 보이는 이 흑룡포는 위지호연이 여행 중에 얻은 아티팩트로 위지호연이 가장 마음에 들어 아끼는 것이었다.

흑룡포는 내공에 따라 길어지기도 하고 줄어들기도 하며, 넓어지기도 좁아지기도 한다.

어깨를 감싸 아래로 내려온 흑룡포에 쌓인 눈을 털어내며 위지호연은 나무 아래에서 나왔다.

"조금 더 주무시지 않고."

빼빼 말라 삭막해 보이는 남자가 위지호연을 향해 다가오며 꾸벅 머리를 숙였다.

독고귀검(獨孤鬼劍).

위지호연을 추종하여 따르는 천마군 중 하나로, 20명도 안 되는 천마군 중 제일의 고수이면서 가장 먼저 위지호연을 따라다니던 인물이다.

"자연스럽게 눈이 떠졌어."

위지호연이 대답했다. 그녀는 자신을 따르고 있는 천마군을 좋아하지도 싫어하지도 않았다. 떼어놓을 필요가 없으니 데리고 다니고 있을 뿐. 그들이 그녀를 추종하고는 있지만, 그렇다고 하여 위지호연이 천마군을 품은 것은 아니다.

어디까지나 위지호연은 가고 싶은 곳을 향해 움직이는 것이 전부였고, 천마군이 일방적으로 위지호연을 따르고 있을 뿐이다.

그렇게 선이 그어진 관계였음에도 천마군은 위지호연을 추종했다. 그녀가 가진 압도적인 강함에 매료되었기 때문이다.

"약속 시간은 지났을 텐데 오질 않는군요."

"늦잠이라도 잔 것이 아닐까."

위지호연은 대수롭지 않다는 표정을 지으면서 말했다. 위지호연은 그런 식으로 담담하게 받아들였지만, 독고귀검은 아니었다. 그는 얇은 두 눈에 살의를 담아 중얼거렸다.

"건방지게. 누가 누구를 기다리게 하는 것인지……."

"혈천마가 나를 기다리게 하는 것이지. 기다리고 있는 것은 나인데 왜 네가 화를 내는 것이지?"

"하지만, 주군……."

“주군이라고 부르지 마. 나는 너희를 수하로 거둔 적이 없다. 너희 마음대로 나를 따라다니는 것까지는 막지 않겠지만, 나를 주군이라고 부르지는 마라.”

위지호연의 말에 독고귀검의 눈썹이 움찔하고 떨렸다. 그는 항변하지 않고서 머리를 꾸벅 숙였다.

추종하는 집단이라는 것은 이래저래 쓸 일이 많고 편리하겠지만, 위지호연에게 있어서는 필요가 없었다.

방금까지만 해도 저들은 시간을 때우기 위해, 잠든 위지호연의 호법을 서기 위해 이 눈보라 속에서 서 있었다.

하지만 위지호연은 저들에게 그것을 부탁하지 않았다. 그래서 감사를 느끼지 않는다. 그럴 필요도 없었다.

돌이켜 보면 위지호연이 에리아에서 살아온 8년이라는 세월은 대부분이 그랬다.

많은 것을 보았고 많은 만남을 겪었다. 이 신비로운 세상이 넓다는 것에 위지호연은 즐거움을 느꼈지만, 만나고 지나친 인연들에게서 즐거움을 느낀 적은 거의 없었다.

추종하는 이는 많았지만 위지호연은 스스로를 혼자라고 여겼다. 저들이 보는 것은 소천마였지 위지호연이 아니었기 때문이다.

신경 쓰지는 않는다. 타인의 무엇을 보는가는 전적으로 그들의 관점이니까.

그렇기에 위지호연은 저들에게 소천마가 아닌 자기 자신의 모습을 보여주려 노력하지도, 저들이 관점을 바꾸도록 설득하지도 않았다. 위지호연은 그런 인간이었다.

'마음에 들지 않아.'

위지호연은 눈보라 속에 서서 생각했다. 그녀를 추종하는 천마군은 위지호연과 조금 떨어진 뒤쪽에 서 있었다.

그들 모두가 한서불침을 이룬 고수는 아니었음에도, 추위에 몸을 떠는 이들은 있을망정 자리를 떠나는 이들은 없었다.

위지호연은 머리를 돌려 그들을 힐긋 보았다. 이쪽을 보는 수십 개의 눈동자에 담긴 감정을 엿보면서 위지호연은 작게 혀를 찼다.

마음에 들지 않는다.

저들이 가진 기대감이 싫다. 그것이 마음에 들지 않았다.

위지호연은 저런 눈을 잘 알고 있었다. 에리아에 소환되기 전, 그녀가 마교의 소교주로 살았을 때도 항상 저런 눈을 보아왔었다.

무심하던 아버지, 교주. 그도 위지호연을 보았을 때에는 말로는 하지 않아도 저런 눈을 하고 있었고, 위지호연을 가르친 수많은 고수도 저런 눈을 했었다.

세상이 바뀌었음에도 위지호연에게 향하는 시선은 달라지지 않았다.

천마군은 앞으로 있을 일을 기대하고 있었다.

소천마 위지호연과 혈천마 백무선의 만남. 그 만남에서 무슨 일이 일어날까. 어쩌면 이곳에서 새로운 소문이 탄생할지도 모르고, 그것은 널리 퍼져 전설이 될지도 모른다. 나는 지금 그 역사적인 순간에 있는 것이다. 그리고 언젠가는 위지호연의 눈에 들어 측근이 될 것이다.

그런 기대가 역겹다.

죽일까.

위지호연은 손을 쥐었다 펴면서 그런 생각을 했다.

죽이는 것은 어렵지 않다. 저들 모두가 덤벼도 위지호연은 손짓 몇 번에 저들을 조각내어 눈밭에 파묻을 자신이 있었다. 아니, 그것은 자신이 아니라 현실이다.

쉬운 일이지만 하지 않는다. 해봤자 조금도 변하지 않을 것임을 알고 있었기 때문이다.

이미 위지호연은 몇 번이나 그런 식으로 자신에게 역겨운 기대를 걸며 접근하는 이들을 죽여보았다.

변하는 것은 없었다. 오히려 그런 잔학함은 눈먼 추종자들을 열광적으로 만들었다. 사마외도의 길을 걷는 자들은 용서없는 잔혹함마저도 '천마'라는 별호에 어울리는 멋이라고 하며 기뻐했다.

"왔군."

위지호연이 중얼거렸다.

파바박!

바닥에 쌓인 눈이 크게 흩어진다. 떠오른 눈발이 가라앉았을 때, 위지호연과 조금 떨어진 앞에 열한 명의 사람이 서 있었다.

위지호연은 그 중심에 서 있는, 붉은 장포를 입은 미남자를 보며 입꼬리를 올렸다.

"늦잠이라도 잤느냐?"

위지호연이 웃으며 물었다. 그 말에 혈천마 백무선은 어깨를 으쓱거렸다.

위지호연이 혈천맹의 본거지로 찾아가 만남을 청했을 때, 바쁜 일이 있다는 이유로 백무선은 위지호연을 내치고서 이곳에서 만나자고 약속을 잡았었다. 그런데 정작 시간과 장소를 정한 백무선이 늦게 온 것이다.

"요즘 한창 위명을 떨치고 있는 소천마와 만나게 되는 것이라. 이런저런 준비를 하느라 늦은 것뿐이오."

"그렇다면 혈천맹의 안으로 들이지 그랬느냐? 그곳이라면 준비를 할 필요도 없었을 텐데."

"후후! 혹시 모를 불상사가 발생하게 되었을 때, 소천마를 혈천맹 안으로 끌어들였다는 비난은 듣고 싶지 않아서."

"불상사? 무슨 불상사를 말하는 것인지 모르겠구나."

위지호연이 웃으며 말했다.

백무선은 그 말에 대답하지 않고서 오른손을 살짝 들어 올렸다.

그의 주변에 서 있던 열 명. 백무선의 호위대라고 할 수 있는 혈천십걸이 뒤로 물러섰다.

"그대의 뜻은 이미 전해 들었으니. 본좌와 한번 싸워보고 싶다고 하지 않았소이까?"

"나 역시 천마라고 불리는 몸이라. 혈천마라는 별호를 가진 네 솜씨가 궁금했을 뿐이다."

"하하…… 마치 본좌를 시험이라도 하겠다는 것처럼 들리는군."

"아무렇게나 생각하여라. 아니면 운이 없다고 생각하든가."

위지호연은 그렇게 중얼거리면서 한 걸음 앞으로 걸었다.

후우웅!

그녀의 어깨를 덮고 있던 흑룡포가 크게 펄럭거리더니 위지호연의 주변에 쌓여 있던 눈들이 일제히 솟구쳤다.

먼 뒤쪽에서 위지호연과 백무선의 대치를 보고 있던 천마군들이 감탄성을 내질렀다. 위지호연과 마주 선 백무선은 소리 죽여 웃었다.

"운이 없다……. 그것이 무슨 뜻인지 모르겠군."

"상대가 필요했다."

위지호연이 속삭였다.

"구파일방을 건드려 볼까 싶었지만 그건 꽤 귀찮은 일이었지. 결속이 잘된 집단을 건드리는 것은 이래저래 뒷일이 짜증스러워."

"혈천맹은 건드릴 법했다는 말이오?"

"건드리는 것은 혈천맹이 아닌 너지. 혈천마 백무선. 사마외도의 무인들이라는 것은 대부분이 굶주린 짐승과도 같다. 가장 센 놈이 우연히 너였기 때문에 네가 우두머리가 되었고, 너를 중심으로 혈천맹이 만들어졌지. 네가 무너진다면 혈천맹이 혈천맹으로 있을 수 있을까?"

그 말에 혈천십걸이 분개를 터뜨렸다. 성큼거리며 나서려던 혈천십걸을 제지한 것은 백무선이 들어 올린 손이었다. 백무선은 여전히 여유를 담은 얼굴로 위지호연을 보았다.

"자신감이 과하시군."

"사실이니까. 혈천맹에 나를 들이지 않은 것은 옳은 선택이었어. 네가 구질구질한 방법을 썼다면 시체가 더 늘었을 테니까."

"말하지 않았소이까. 괜한 비난을 듣기 싫었을 뿐이라고. 혈천맹 안에서 그대가 죽었다면 뭣 모르는 이들이 혈천마가 비겁한 수단을 썼노라 떠들지도 모르지. 보는 이들이 적기는 하지만, 뭐…… 충분하오. 다만, 괜찮겠소? 이곳은 그대의 무덤으로 쓰기에는 너무 보잘것없는 장소인데. 원한다면 불구로 만들지언정 죽이지는 않겠소. 아니면 시체를 다른 곳에 묻어주든가."

"난 자신감이 과하지만 넌 오만하군. 아니면 미쳤든가. 누가 누구에게 그런 말을 하는 것인지는 알고 있느냐?"

위지호연의 주변은 눈이 내리지 않았다. 쏟아지던 눈발은 위지호연이 발하는 투기에 내리는 즉시 증발하고 있었다.

"너는 운이 없었다. 광천마가 어디에 있는지만 알았어도 그를 찾아가 싸웠을 텐데…… 원망하고 싶거든 마음대로 쏘다니는 광천마를 원망하여라."

"오만하군. 너무 오만해……."

백무선은 그렇게 중얼거리면서 소매를 걷어 올렸다.

그가 발하는 투기는 피처럼 붉은색이었다. 전신에 붉은 투기를 두른 백무선의 두 눈은 투기와 마찬가지로 붉게 물들어 있었다.

혈천마 백무선의 소문은 오히려 저평가된 것이었다. 그는 이미 확실하게 초절정의 경지를 넘어 다음 경지를 엿보고 있는 괴물이었다.

"마지막으로 하나만 묻지. 왜 굳이 이런 일을 하는 것이오? 혈천맹을 무너뜨리기 위해서?"

"이해를 못 하는군. 말하지 않았느냐. 운이 없기 때문이라고."

“단지 그것만으로 이 먼 북쪽의 땅까지 와서 본좌에게 싸움을 걸었다는 말인가?”

“너를 쓰러뜨린다면 내 소문은 더욱 커지겠지.”

위지호연이 중얼거렸다.

“그렇다면 그 녀석도 내 이야기를 듣게 될 거야. 내가 어디에 있고, 무엇을 하였고, 얼마나 강해졌는지. 괜히 기가 죽어 찌그러지지 않으면 좋겠군. 그 녀석은 자기비하가 심하거든.”

“무슨 말을 하는지 모르겠군.”

“네가 이해할 필요는 없어. 아…… 그래. 네가 나에게 질문한 것처럼 나도 너한테 하나 묻고 싶은데. 대답해 줄 수 있을까?”

“대답할 수 있는 것이라면.”

“숟가락을 어느 손으로 드느냐?”

위지호연이 손을 들어 올렸다. 흐느적거리던 흑룡포가 크게 부풀더니 위지호연의 손을 감쌌다.

“말한다면 그 손은 내버려 두마.”

환하게 웃으면서 하는 말에 백무선의 얼굴에서 웃음이 사라졌다. 갑작스러운 혈천마와 소천마의 격돌은 반나절도 지나지 않아 결판이 났다.

그날, 혈천마 백무선은 왼팔이 잘려 불구가 되었다.

혈천마 백무선이 왼팔이 잘려 불구가 되었을 때, 이성민은 드리무어에 도착했다.

브레던이 소림의 영향을 받아 전체적으로 불가의 분위기를 가진 도시였다면 드리무어는 화려했다.

브레던처럼 동양의 분위기를 노골적으로 풍기지는 않았으나 동양풍의 건물과 의복을 입은 사람은 많았다. 그것은 드리무어에 터를 잡은 화산파의 성격 때문이었다.

생각해 보면 각 차원에서 소환된 각 문파의 무인들이 제각각 모여 에리아에서 새로운 문파를 만들었다고는 해도 중원에서 있을 적의 전통을 그대로 따르게 될 리가 없다.

이곳은 중원이 아니며 같은 이름을 가진 문파의 동문이라 하더라도 다른 차원의 문파인 이상 그 성격과 분위기에 미미하게나마 차이가 존재했기 때문이다.

그것은 전통을 중시하는 구파일방에서 더욱 두드러졌다. 소림의 경우에는 변화 없이 공통된 전통을 추슬러 명맥을 이어왔지만 화산은 아니었다.

드리무어에 있는 화산의 본파는 도교의 방향을 버리지는 않았으나 그것이 꽤 옅었다.

각 차원에서 모인 화산의 검법은 에리아에서 세운 수백 년의 역사를 통해 그 정수만을 모아 새롭고 강인하게 정립하기는 하였으나, 사실상 에리아에 있는 화산파는 이름만 화산파이지 중원의 화산파와는 다른 문파라고 봐야만 했다.

그것은 화산으로 향하면서 두드러졌다.

물론 이성민은 중원의 화산을 모른다. 하지만 화산의 상징이라고 할 수 있는 매화가 수놓아진 무복을 입은 도사들이, 도사답지 않은 모습으로 거리를 활보하는 것을 보면 기묘한 위화감을 느낄 수밖에 없었다.

그것은 이성민이 불과 보름 전까지만 하여도 고요한 정적에 차 있던 소림에서 생활했기에 더욱 진하게 느낄 수밖에 없었다.

도복을 입은 청년 도사가 여인의 허리를 끌어안고 더듬으며 거리를 걷는다. 힐긋 본 노상 주점에서는 한 무리의 도사들이 낮부터 술을 마시면서 큰 소리로 떠들고 있다. 소림에서는 상상도 할 수 없는 모습이었기 때문에 이성민은 그들을 보며 경악할 수밖에 없었다.

"그 미친 늙은이 말이야. 아직도 산문 앞에 서 있나?"

주점 앞을 지나치던 이성민의 귓가에 그런 목소리가 들렸다.

"아까 내려오기 전에 보니 아직 있던데?"

"말귀를 못 알아먹는 늙은이야. 화산이 동네 삼류 문파도 아니고, 대뜸 찾아와서 비무를 해달라고 하는 것을 들어줄 것이라 생각했나?"

낄낄거리는 비웃음이 섞인 대화였다.

이성민의 걸음이 멈추었다. 그는 머리를 돌려 소리가 난 방향을 바라보았다. 화산의 도복을 입은 젊은 무리들이 술판을 벌여놓고 웃어대고 있었다.

이성민의 시선을 느낀 것인지 술잔을 들던 청년 하나가 멈칫하고서 이성민과 시선을 마주했다.

잠시 뒤, 청년이 몸을 일으키더니 포권을 취했다.

"화산의 우풍이라고 합니다만. 대협께서는 왜 저희를 보고 계신 겁니까?"

대협이란다. 이성민은 그런 호칭을 조금은 어색하게 느꼈다. 이성민의 나이는 이제 22살이었고, 이성민을 대협이라 부르는 청년 도사는 이성민과 비슷하거나 조금 더 나이가 들어 보였기 때문이다.

이성민은 잠깐 주저하다가 머리를 가로저었다.

"불쾌하셨다면 죄송합니다. 저는 화산으로 향하는 길인데, 우연히 도사님들의 이야기를 듣게 되어 저도 모르게 시선을 향해 버렸습니다."

"아…… 그러십니까. 혹 괜찮으시다면, 화산에 무슨 볼일로 가는 것인지 알려주시겠습니까?"

그렇게 묻는 청년 도사의 얼굴에는 조금의 긴장이 어려 있었다. 이성민은 아직 초절정의 경지에 올라 반박귀진을 완성하지는 못했다.

심, 기, 체의 일그러짐을 잡지도 못했다. 하지만 무공이 안정되면서 이성민의 기도는 잘 다듬어져 고수의 풍모를 내비치게 되었다. 아무리 화산파의 도사라고 하여도 쉽사리 대할 수 없는 것이 당연했다.

"……저는 소림에서의 심부름을 받았습니다."

"소림!"

이성민의 대답에 우풍이 놀란 소리를 냈다.

그것은 우풍뿐만이 아니었다. 다른 화산파의 도사들도 눈을 크게 뜨고서 이성민을 보았다.

숨길 일은 아니다. 오히려 불영대사가 이성민에게 서찰을 맡기면서 미리 언질을 주었었다. 만약 화산에 들기 전에 귀찮은 시비가 붙는다면 무력을 보이기 이전에 소림과의 관계에 대해 말하라고.

"대협께서는 소림의 속가제자이신 겁니까?"

이성민은 승복을 입었으나 머리를 밀지는 않았다. 긴장한 얼굴로 묻는 우풍의 질문에 이성민은 머리를 가로저었다.

"소림의 제자는 아닙니다. 다만 방장이신 불영대사에게서 조금의 가르침을 받고 있습니다."

"불영대사와……."

우풍이 신음을 흘린다. 그는 주변의 도사들과 시선을 나누더니 슬며시 몸을 일으켰다.

"귀한 손님이셨군요. 괜찮으시다면 저희가 화산까지 안내해 드리겠습니다."

"아…… 그러실 필요까지는 없습니다."

"아니, 아닙니다. 몰랐다면 모를까 알게 되었는데 가만히 있을 수는 없습니다."

우풍과 다른 도사들은 이성민의 말을 듣지 않았다. 결국 이성민은 그들과 함께 거리를 가로질러 화산으로 향하게 되었다.

경공을 써서 이동한 탓에 드리무어를 가로지르는 것에는 그리 오랜 시간이 걸리지 않았다.

본래는 화산에 들르기 전에 데니르를 찾아갈 생각이었지만, 일이 이렇게 되어버렸으니 화산에 먼저 서찰을 전하고서 여유를 잡고 데니르를 찾아갈 것이 나아 보였다.

"그…… 아까 이야기하던. 산문 앞의 늙은이라는 것은 누구입니까?"

"아…… 그걸 들으셨군요. 대협께서는 '검귀 독비준'을 알고 계십니까?"

이성민의 물음에 우풍이 대답했다. 화산으로 들어서는 초입에 도착해 경공을 멈추고 걸어 올라가던 도중이었다.

"비무행을 벌이고 있는 검수 아닙니까?"

"맞습니다. 나흘 전에 그 독비준이 화산파를 찾아왔습니다. 화산의 검을 보고 싶다며 대뜸 장문인에게 비무를 청했지요.

하지만 화산이 흔해 빠진 중소방파도 아니고, 장문인도 바쁘신 분이지 않습니까."

우풍은 그렇게 말하면서 한숨을 내쉬었다.

"사실 이런 경우가 처음인 것은 아닙니다. 야인(野人) 중에서 자신의 무공에 자신을 가진 이들이 비무행을 다니는 것은 자주 있는 일입니다. 화산파도 몇 번인가 그들의 방문을 받아왔었지요. 청한 비무를 항상 받아주었다가는 문파의 위신이 어디로 가겠습니까?"

그 말을 들으면서 이성민은 착잡한 기분을 느꼈다. 전생의 기억을 더듬어 본다.

이성민이 떠올린 것은 검귀 독비준에 대한 기억이었다. 검귀의 비무행은 워낙 유명하여 이성민의 기억에도 제법 뚜렷하게 남아 있었다.

하지만 이성민의 기억 중에서 검귀가 화산파 장문인과 비무를 벌였다는 이야기는 없었다. 만약 그런 일이 벌어졌더라면 결과가 어찌 되었건 크게 소문이 났을 것이다.

전생에서도 검귀가 화산파 장문인과 비무를 위해 찾아갔겠지만, 끝내 비무를 하지는 못하고 문전박대를 당한 모양이었다.

화산은 브레던의 숭산보다는 산세가 험했다. 높은 계단을 오르고 나니 커다란 산문이 보였다.

이성민은 산문 앞에 서 있는 백발의 노인을 보고 움찔 굳어버렸다.

"아직도 있군."

우풍이 작은 목소리로 중얼거렸다.

검귀 독비준.

이성민은 독비준의 등을 보면서 잠깐 동안 입술을 머뭇거렸다.

아는 척을 해야 하는 걸까?

이성민이 주저하는 동안 우풍이 성큼거리며 산문을 향해 다가갔다. 그러자 독비준이 빙글 몸을 돌려 우풍을 보았고, 그 뒤에는 이성민을 돌아보았다.

"음."

독비준은 므쉬의 산에서 보았을 때와 비교해도 크게 변함이 없었다. 오히려 그때는 제대로 씻지 못해 지저분했는데, 지금은 긴 백발을 잘 묶고 수염을 정돈하여 깔끔한 모습이라 므쉬의 산 때보다 젊어 보였다.

이성민은 독비준을 보고서 내심 감탄했다. 완벽하게 갈무리 된 기도는 반박귀진의 증명이었고, 그럼에도 칼날처럼 예리한 안광이 독비준이 대단한 실력을 가진 검수라 주장하고 있었기 때문이다.

"너는……."

독비준의 입이 열렸다. 그는 다른 도사들의 중심에 서 있는 이성민을 보고 놀란 표정을 지었다.

"그때, 므쉬의 산에 있던 꼬마 아니냐?"

독비준의 말에 이성민은 크게 놀랐다. 당시의 독비준은 두 눈이 보이지 않는 상태여서 이성민의 얼굴을 본 적이 없었다.

그것도 그렇지만 이성민이 므쉬의 산에서 독비준을 만난 것은 7년 전이다. 몸도 장성하였고 목소리도 변해서 므쉬의 산에서 가지고 있던 흔적은 거의 남지 않았다.

"절 기억하시는 겁니까?"

"기억하다마다. 그 산에서의 기억은 잊을 수가 없지. 그처럼 힘든 나날은 내 기억에서 존재하지 않았었으니."

"하지만 어떻게 저를……? 그때의 독비준 님은 앞을 보지 못하셨을 텐데……."

"네가 풍기던 내공을 기억하고 있단다. 엄청난 성장을 거두었구나. 그때와는 비교가 되지 않을 정도로 말이다."

독비준이 머리를 주억거리면서 탄성을 흘렸다. 독비준과 이성민이 이야기를 나누자 우풍과 다른 도사들이 식겁하여 둘을 번갈아 보았다.

독비준은 이성민의 얼굴을 물끄러미 보다가 눈짓으로 닫힌 산문을 힐긋거렸다.

"이 안으로 들어가려는 것이냐?"

"아…… 예."

"나는 신경 쓰지 않아도 된다. 나 역시 볼일이 있어서 이곳에 있는 것이지만, 너와는 다른 볼일이니 말이다."

독비준은 그렇게 말하면서 이성민에게서 등을 돌렸다. 머뭇거리던 이성민을 향해 등 돌린 독비준이 다시 말했다.

"들어가거라."

독비준의 말이 이성민의 등을 떠밀었다. 결국 이성민은 독비준을 내버려 두고 우풍과 다른 도사들과 함께 화산의 산문으로 들어갔다.

산문이 닫히자 우풍이 재빨리 이성민에게 다가와 물었다.

"검귀와 아는 사이셨습니까?"

"예전에…… 인연이 있었습니다."

"크흠, 그렇군요."

우풍이 떨떠름한 얼굴로 중얼거렸다. 이성민은 우풍의 그런 표정을 무시하고 화산의 건물을 둘러보았다.

거리에서도 느꼈던 것이지만 화산 본파의 분위기는 정적이었던 소림과 판이했다. 그것은 도가와 불가의 차이라기보다는 화산파가 에리아에서 해낸 독특한 적응 때문이었다.

소림의 서찰을 가지고 왔다는 소식이 전해지자 이성민은 곧바로 화산파 장문인과 독대하게 되었다.

화산의 장문인인 유풍검선(流風劍仙) 성하 도인은 구파일방에서도 손에 꼽히는 검의 고수라 이성민도 소문을 통해 알고 있었지만, 직접 마주한 성하 도인은 인상 좋은 옆집 할아버지 같은 느낌이었다.

"지학이 올 것이라고 생각하였거늘."

이성민과 마주 앉은 성하 도인이 중얼거렸다. 본래라면 지학이 왔을 것이다. 단지 이성민이 드리무어에 볼일이 있어서 대신 왔을 뿐이다.

이성민이 대답하기 위해 입을 벌리자 성하 도인이 머리를 가로저었다.

"아, 그것을 탓하려는 것은 아니야. 그럴 수도 있는 법이지. 소림과 화산이 제법 가까이 위치해 있다고는 하여도 왕복하는 것에는 한 달은 족히 걸릴 테니까. 사실 사람이 누가 오든 큰 상관은 없는 것 아닌가, 서찰만 받으면 되는 것을."

성하 도인은 그렇게 말하면서 이성민에게서 서찰을 건네받았다. 성하 도인은 서찰의 봉인을 뜯으면서 이성민을 힐긋 보았다.

"자네는 나이에 걸맞지 않게 대단한 경지에 이르렀군. 하지만 소림의 제자는 아닌 것 같아."

"예, 그렇습니다."

"하지만 소림과 연관은 있겠지. 끌끌! 소림은 복이 많아. 지학 같은 절세기재도 품고 있으면서 말이지. 혹시나 해서 묻는다. 자네는 이 서찰의 내용을 읽어보았나?"

"읽지 않았습니다."

"사실 읽었다고 해도 상관은 없네. 그리 비밀스러운 내용이 적혀 있는 것은 아니거든. 현 무림맹주인 무당의 명월자가 맹주직을 내려놓겠다고 말하여 차기 맹주가 뽑힐 때까지 불영대사에게 임시로 맹주직을 맡아달라는 부탁에 대한 답변이 들어 있을 뿐이야."

그 말에 이성민은 납득하여 머리를 끄덕거렸다.

"예상대로군. 불영대사가 거절했어. 고약한 늙은이 같으니."

이성민도 그럴 것이라고 생각했었다. 이성민이 알고 있는 불영대사라면 그런 제안을 결코 받아들일 것 같지 않았기 때문이었다.

성하 도인은 한숨을 푹 내쉬면서 서찰을 삼매진화로 태워버렸다.

"자네와 함께 온 젊은 도사들에게 듣자 하니, 자네는 산문에 있는 검귀와 구면이라 하던데."

"아…… 예, 인연이 있었습니다."

"귀찮은 노릇이야. 내가 검귀와의 싸움을 왜 피하고 있는지 알고 있나?"

성하 도인은 그렇게 중얼거리면서 팔짱을 꼈다. 이성민은 우풍이 했던 말을 떠올리면서 머리를 끄덕거렸다.

"비무 요구를 받아들이다 보면 끝이 없기 때문이라고 들었습니다."

"그것도 맞는 말이기는 하네. 하지만 꼭 그것만은 아니야."

성하 도인은 손에 묻은 재를 털어내면서 눈썹을 찡그렸다.

"소문일 뿐이지만, 검귀는 지저분해."

"……예?"

"아니, 지저분하다기보다는……."

성하 도인이 작게 혀를 찼다.

"위험하지."

4장
드리무어(2)

지저분하다. 위험하다.

이성민은 성하 도인의 말을 들으면서 알 수 없는 기분을 느꼈다.

저 두 가지의 말에 섞인 뜻이 지칭하는 대상은 검귀 독비준이다. 하지만 이성민이 아는 검귀는 저런 말과는 어울리지 않는 인물이었다.

"무슨…… 뜻인지 잘 모르겠습니다."

"자네는 검귀와 인연이 있기는 한 모양이지만 그것이 깊지는 않은 것 같군."

성하 도인이 쿡쿡거리며 웃었다. 맞는 말이다. 이성민과 독비준의 인연은 므쉬의 산에서 몇 번 만났던 것이 고작이다.

백소고나 다른 수행자들은 독비준과 같은 시간을 공유하며 친분을 쌓았지만, 이성민은 아니었다.

"자네는 검귀에 대해 모르는 듯해."

그 말에 이성민은 뭐라고 대답할 수가 없었다. 모른다. 그것이 사실이다.

"검귀 독비준은 최근 1년 동안 상대를 가리지 않고 비무행을 다니고 있지. 여태까지 검귀는 구파일방이 아닌 중소방파의 문주나 세력 없이 홀로 떠도는 야인, 혹은 뛰어난 실력을 가진 용병들을 상대로 비무를 벌여왔어. 그리고 모두 승리했지."

"……그건…… 알고 있습니다."

독비준에 대한 정보는 에레브리사를 통해 구입했다. 하지만 이성민이 구입했던 것은 어디까지나 독비준의 '위치'에 관한 정보였었다.

"이 세상에서 갑작스러운 고수가 출몰하는 것이 드문 일은 아닐세. 에리아는 각 차원에서 이유 불문하고 사람들을 불러오니까. 하지만 그렇다고 해서 기존에 이 세계에서 살아가는 사람들이 새로운 강자에게 무감한 것은 아니야. 오히려 더욱 예민하게 받아들이고 신경 쓰지."

"……무슨…… 말입니까?"

"독비준이 화산으로 향한다는 것을 알았을 때. 나는 개방을 통해 독비준에 대해 알아보았네. 후후! 이름 없는 야인과 비무하지 않는다고? 문파의 위신을 위해? 그건 겉으로 말하는 핑계일 뿐이야. 검귀 독비준이라면 초절의 경지에 들어선 고수. 나 역시 검을 쥐어 휘두르는 자로서 강자와의 비무를 즐기지 않을 리가 없잖나. 그럼에도 내가 독비준과 비무하지 않는 것에는 그만한 이유가 있는 법일세."

지저분하다, 위험하다.

성하 도인이 했던 말이 이성민의 머리를 떠나지 않았다. 침묵으로 이야기를 듣고 있는 이성민을 향해 청하 도인이 입을 열었다.

"그는 사법(邪法)을 사용하고 있어."

성하 도인이 말했다.

"아, 물론 사법을 쓰는 것을 탓할 생각은 없네. 나는 마법과 사법을 쓰는 자들을 부정하지 않아. 나는 40년 전에 이 세상에 소환되었는데…… 후후! 이곳이 중원이 아니라는 것은 이미 몇십 년 전에 이해했어. 하지만 그렇다고는 해도, 이것만큼은 받아들일 수가 없더군. 사법을 쓰는 자와는 비무하고 싶지 않아. 그들의 수법을 정정당당한 것이라고 받아들일 수가 없어."

성하 도인과의 대화는 그것으로 끝났다. 본래의 심부름이었던 불영대사의 서찰을 전달하는 것은 끝났다.

성하 도인의 방을 나오고서 이성민은 산문으로 향했다. 화산을 조금 더 보고 싶은 마음이 없는 것은 아니었으나, 외객인 이성민이 마음대로 문파를 둘러보는 것은 문제가 생길 여지가 있었다.

산문으로 향하면서 이성민은 성하 도인이 한 말을 떠올렸다.

검귀는 사법을 쓴다. 그 수법이 지저분하고 위험하여 비무하고 싶지 않다. 그것을 정정당당한 것이라고 받아들일 수가 없다.

이해하지 못할 일은 아니었다. 비록 이 세계에서 40년을 살았다고는 해도, 성하 도인의 나이를 생각해 보면 젊었을 적 상당한 시절을 중원에서 보냈을 것이다.

그곳에서도 화산파의 제자로서 정통으로 무공을 익혔을 터이니 에리아에서 40년을 살아오면서도 사법과 마법을 완전히 받아들이지 못했을 수도 있다.

'사람'이 살아온 세계와 본질과 가치관을 그리 쉽게 바꿀 수 없다는 것은 이성민도 잘 알고 있었다.

"볼일은 끝났나?"

산문을 나오자 검귀가 말을 걸었다. 그는 여전히 팔짱을 끼고서 화산의 산문을 노려보고 있었다.

이성민은 두 눈을 부릅뜬 검귀의 시선을 조금 어색하게 느끼기는 하였으나 이윽고 머리를 끄덕거리며 대답했다.

"예."

"그래."

"……성하 도인을 만났습니다."

이성민은 한숨을 쉬면서 입을 열었다. 그 말에 검귀가 눈을 동그랗게 뜨고 이성민을 보았다. 설마 이성민이 화산의 장문인인 성하 도인과 만났을 것이라고는 생각하지 못한 모양이었다.

"……성하 도인과…… 크크! 내가 그렇게 만나달라고 했을 때는 나오지 않더니."

"이유를…… 들었습니다."

말하는 것이 조금 힘들었다.

검귀가 사법을 익혔다고?

성하 도인에게 그렇게 듣기는 했지만, 이성민은 그것이 사실이라고 생각하기가 힘들었다.

이성민이 보는 검귀는 검밖에 모르는 검수였고, 그것은 전생의 기억에서도 마찬가지였다.

진정 그런가?

이성민은 검귀가 어떤 인간인지 모른다. 전생의 기억이라고 해봐야 흘러들은 소문일 뿐.

'검귀'라는 별호를 가진 무인에 대해 깊이 알아본 적은 없다. 사실 이성민이 검귀에 대해 알게 된 것은, 검귀와 묵섬광을 비롯한 고수들이 소천마 위지호연에게 살해당했다는 것이 처음이었다.

"……독비준 님이 사법을 사용하기 때문에, 그래서 싸우고 싶지 않았다고 하였습니다."

이성민의 말에 독비준의 표정이 움찔 굳었다. 그는 잠시 동안 이성민의 얼굴을 보다가 하늘을 보았다.

뒷짐을 지고서 높은 하늘을 보던 독비준이 입을 열었다.

"그런가."

독비준이 작은 목소리로 말했다.

부정하지 않고 있다. 그렇다는 것은 정말로 독비준이 사법을 익혔다는 것인가.

이성민은 조금 이해할 수가 없었기 때문에 용기를 내어 질문해 보았다.

"무슨 사법을 익히신 겁니까?"

독비준은 대답하지 않았다. 그는 알 수 없는 감정이 소용돌이치는 눈으로 하늘을 올려 볼 뿐이었다.

"독비준 님은 산에서 검을 익히시지 않았습니까? 그런데 무슨 사법을……."

"한계를 맞닥뜨린 적이 있나?"

독비준이 물었다.

"아무리 노력하고 발악해 보아도 넘을 수 없는 벽의 존재를 느낀 적이 있는가? 그 벽을 결코 무너뜨릴 수도, 넘을 수도, 돌아갈 수도 없음을 자각해 본 적이 있는가?"

"있……."

있다고, 대답하려고 했다. 하지만 독비준은 이성민의 말을 단호하게 끊어냈다.

"자네는 벽을 논하기에는 너무 젊지."

이성민의 입이 닫혔다.

"늙어감을 느낀 적이 있는가? 하루가 지나갈수록 몸이 무거워짐을 느낀 적이 있는가? 내 정신은 전성기 때를 기억하고 있는데, 내 육체가 늙어가며 그를 따르지 못해가는 것이 어떤 기분인지 알고 있나?"

대답할 수가 없었다. 독비준의 물음은 이성민이 절대로 대답할 수 없는 성질의 질문이었다.

"내 나이는 어느새 육십이 넘어가고 있지. 내 육체는 이미 전성기의 기량을 잃어 검을 휘두르면 휘두를수록 약해지고 있어. 므쉬의 산에서 한 고행으로도 이 벽을 넘을 수 없었지. 그…… 절망감을, 자네는 알고 있나?"

"……모릅니다."

"사법이라. 그래, 사법이지. 내가 무슨 심정으로…… 그런 것에 의존하였는지. 자네는 알고 있나? 맞닥뜨린 벽을 넘을 수도, 부술 수도, 피해갈 수도 없어. 내 육체는 하루가 지날수록 더욱 늙어가지. 내공으로 지탱하는 것에도 한계가 있었네. 그러나, 그러나……."

검귀가 두 눈을 감았다.

“더 하고 싶다고. 그런…… 간절함을 아는가?”

그를 끝으로 독비준은 더 이상 말하지 않았다.

이성민은 침묵하는 독비준을 한참이나 보고 있다가 화산을 내려왔다.

독비준을 이해할 수 없는 것은 아니다. 오히려 이성민은 독비준을 너무나도 잘 이해할 수 있었다.

이성민 역시 그랬다. 맞닥뜨린 벽을 지나칠 수가 없었기 때문에 수행을 포기했었다. 그래서 마갑에 의존하려 했다. 상승무공보다는 익숙하고 쉬운 기본기에 매달렸다. 그래서 이해할 수 있었다.

하지만 이성민은 젊다. 그는 아직 스물둘의 나이였고, 육체는 지금이 전성기라고 할 수 있다.

그런 이성민과는 다르게 독비준은 늙음을 체감하고 있었다. 어느 순간부터는 심후한 내공으로도 육체의 노화를 지탱할 수가 없을 것이다.

반로환동이라도 하지 않는 이상 더 이상 무공은 늘지 않는다. 아무리 무공에서 마음의 공부가 중요하다고는 해도, 육체 역시 중요하기 때문이다.

세상에는 뛰어난 고수가 많다. 하지만 그들 중 반로환동을 해낸 이가 몇이나 될까.

당장 이성민이 보았던 불영대사나 성하 도인도 초절의 실력을 가진 고수들이었지만, 반로환동은 하지 못했다. 그들의 육체는 이미 전성기를 지나 노쇠해 가고 있다.

검귀도 마찬가지일 뿐이다. 단지 포기하고 싶지 않았기 때문에. 악착같은 집념으로 억지로 검을 휘두르고 무공이 아닌 다른 수단을 동원하여 벽을 넘고자 하는 것뿐이다.

비난할 수가 없다. 이성민도 똑같았었으니까.

다만 가진 시간의 차이가 있었을 뿐이다. 이성민은 착잡한 기분을 느끼면서 화산을 내려왔다.

이성민은 성하 도인의 기분도, 검귀의 기분도 이해하고 옳다고 느끼고 있었기 때문에 둘 중 누가 옳은지 가를 수가 없었다. 결국은 가치관의 차이였기 때문이다.

도시로 내려온 이성민은 기억을 떠올렸다. 므쉬가 새겨준 시간의 신, 데니르에 대한 기억은 떠올리려고 한 순간 명확하게 떠올랐다.

에리아에는 다양한 신들이 존재한다. 대부분의 신은 그들을 모시는 신전이나 직접 강림한 성지에 존재하며 그들의 존재는 딱히 비밀스러운 것이 아니다.

당장 므쉬만 하더라도 '므쉬의 산'이라는 그녀의 성지에 존재하고 있으며 그것은 이성민도 알고 있을 만큼 유명한 곳이었다.

하지만 데니르는 달랐다. 전생의 기억을 뒤져 보아도 '시간의 신'이라는 이름은 들어본 적이 없다.

알려지지 않은 비밀스러운 신. 그런 존재를 만나러 가는 것이기 때문에 이성민은 두근거림과 긴장을 느꼈다.

떠오르는 기억에 따라 도착했을 때, 경공을 펼쳤음에도 이미 해가 저물어 가고 있었다.

이성민은 걸음을 멈추고서 눈앞에 보이는 것을 빤히 보았다. 도심지를 떠나 교외에 위치한 자그마한 시골집. 이곳이 므쉬가 넣어준 기억에 해당하는 장소였다.

'이곳에 데니르가 있다는 건가?'

이성민은 의아함에 머리를 갸웃거리면서도 기억은 확실하였기 때문에 의심은 하지 않았다. 이성민은 잠깐 망설이다가 문을 향해 다가갔다.

"응?"

문고리를 잡으려 한 순간이었다. 이성민의 눈이 동그랗게 떠졌다.

방금까지만 해도 문고리를 잡으려고 했는데, 손을 쥐려는 순간에 문고리는 그곳에 없었다.

어느새 이성민은 문과 몇 걸음 떨어진 곳에 있었다. 이성민은 조금 당황했으면서도 다시 문고리를 향해 다가갔다.

또였다.

문고리를 잡으려 할 때마다 문고리는 그곳에 없었다. 다시 이성민은 문고리와 몇 걸음 떨어진 곳에 있었다.

다시 앞으로 나아가고, 또 똑같은 것이 반복된다.

"뭐…… 뭐야?"

이성민이 당황하여 주위를 둘러보았다. 닫혀 있는 문에 다가갈 수가 없다.

[돌아가라.]

이성민의 귓가에 목소리가 들렸다. 성별을 알 수 없는 목소리였다.

"누…… 누구십니까?"

[돌아가라.]

질문에도 목소리의 주인은 대답하지 않는다.

이성민은 목소리의 주인이 데니르라고 확신했다. 이런 이해를 벗어난 불가사의한 일을 할 수 있는 존재라면 신밖에 없을 것이다.

"언젠가 기회가 된다면 드리무어로 가라. 그곳에 있는 시간의 신 데니르에게 므쉬가 보내서 왔다고 말을 하여라."

므쉬가 했던 말을 떠올린다. 이성민은 즉시 입을 열어 말했다.

"므쉬가 보내서 왔습니다."

[…….]

그 말에 데니르가 침묵했다. 잠시 뒤, 데니르가 이성민의 머리에 대고 중얼거렸다.

[빌어먹을.]

문이 열렸다. 열린 문의 안쪽에는 자그마한 체구의 소년이 서 있었다. 아니, 사실 이성민은 그가 소년인지 소녀인지 알 수가 없었다. 그는 어찌 보면 남자인 것처럼 보이기도 했고, 또 다르게 보면 여자인 것처럼 보이기도 했다.

이성민은 잠깐 동안 그, 혹은 그녀를 바라보다가 더듬거리며 물었다.

"……데니르?"

"맞아."

데니르가 머리를 끄덕거렸다. 외모로 성별을 알 수가 없듯이 데니르의 목소리 역시 성별을 알 수가 없었다.

므쉬가 그랬던 것처럼 데니르도 어린아이의 모습이었다. 왜 '신'이라는 존재들이 저런 미성숙한 모습을 취하고 있는 것인지 이성민은 알 수가 없었으나, 지금 중요한 것은 그런 의문이 아니었다.

"빌어먹을 므쉬. 왜 나한테 이런 귀찮은 녀석을 떠넘긴 거야?"

데니르는 그렇게 중얼거리면서 홱 하고 몸을 돌렸다.

이성민이 데니르의 등을 물끄러미 보고 있자, 데니르가 크게 숨을 내뱉더니 다시 이성민을 돌아보았다.

"너는 내 얼굴을 보는 것만으로 만족하려는 것이냐?"

"……예?"

"그것만으로 만족한다면 나야 좋은 일이지."

그럴 리가 없잖은가.

이성민은 급히 데니르의 뒤에 따라붙었다. 이성민이 문 안으로 들어가자 기다렸다는 듯이 문이 닫혔다.

데니르는 성큼성큼 복도를 걸었다. 자그마한 시골집의 복도는 그리 길지 않았고, 얼마 걷지 않아 넓지 않은 거실에 도달했다.

이성민은 데니르의 등을 바라보았다. 어깨 너머에서 찰랑거리는 짧은 단발머리는 소년의 것 같기도 하였고 소녀의 것 같기도 하였다.

그것에 기묘한 위화감을 느끼고 있던 중에 데니르는 빙글 몸을 돌렸다.

데니르는 가까운 곳에 있는 소파로 가서 털썩 앉았다.

"나에게 무엇을 바라지?"

데니르가 물었다. 갑작스러운 질문이었고, 대답을 준비하지 못한 이성민은 잠깐 동안 머뭇거릴 수밖에 없었다.

그런 이성민을 향해 데니르가 다시 말했다.

"인사차 온 것은 아닐 테고. 나에게 무엇을 바라기에 이곳에 온 것이냐?"

"갑자기 그런 말을 들어봐야 뭐라고 대답할 말이……."

"흠, 그것도 그렇겠군. 그렇다면 질문을 바꾸지. 너는 무엇을 바라느냐?"

지칭이 바뀐다.

이성민이 데니르에게 바라는 것에서, 이성민 본인이 바라는 것으로. 하지만 이성민은 그 질문에도 제대로 된 대답을 할 수가 없었다.

이성민의 침묵에 데니르가 쿡쿡거리며 웃는 소리를 냈다.

"너는 우유부단하군. 아니면 생각이 너무 많아서인가. 뭐, 좋아. 신은 자비로워야지. 이런 이야기보다는 조금 더 편하게 대화를 하도록 할까."

데니르는 그렇게 말하면서 다리를 꼬았다.

대화를 하자고는 해도 이제 처음 만난 것이고, 신을 상대로 무슨 대화를 할 수 있겠는가.

잠깐 동안 입술을 다물고 있던 이성민은 입을 열었다.

"당신은 남자입니까, 여자입니까?"

진지하게 한 질문은 아니었다. 단지 이 어색한 분위기를 타파하기 위해 던진 농담 같은 것이었다. 그 질문에 데니르가 헛

웃음을 흘렸다.

"이상한 것을 신경 쓰는군. 하긴. 인간은 그런 법이지…… 신에게 성별은 존재하지 않아. 조금의 취향이 있을 뿐이지. 므쉬가 여성의 모습을 취하고 있는 것은 그녀가 가진 고약한 취향일 뿐이야. 시련과 고행을 주관하는 어린 소녀의 모습을 한 신. 고약하다고 생각하지 않나?"

그런 관점으로 생각해 본 적은 없었지만, 데니르의 말을 들으니 그런 것 같기도 했다.

멍하니 머리를 끄덕거리는 이성민을 향해 데니르가 말을 계속했다.

"나 역시 마찬가지고. 내가 취한 모습에 성별은 존재하지 않아. 남자로 여기고 싶다면 남자로 여기고, 여자고 여기고 싶다면 여자로 여기어라."

"……어린 모습을 취하는 것도 단순한 취향인가?"

"아니, 이건 취향이 아니라 어쩔 수 없는 것이지."

데니르는 그렇게 중얼거리면서 시가를 꺼냈다. 중성적인 모습을 한 어린아이가 제 손가락보다 훨씬 두꺼운 시가를 무는 모습은 위화감이 가득했다.

"너는 시간을 거슬렀군."

데니르가 중얼거렸다. 그 말을 듣고서 이성민의 뺨이 움찔 떨린다. 하지만 놀라지는 않았다. 신인 데니르가 이성민이 인과율이 비틀어졌음을 알아차리는 것은 당연한 일이었기 때문이다. 므쉬도 눈치챈 것을 데니르가 눈치채지 못했을 리가 없다.

"인과율이 비틀어져 있어. 뭐. 인과율이 비틀어진 존재가 아주 없는 것은 아니지만. 네 경우는 독특하군. 시간을 거슬렀다. 죽음이라는 결과에서 되돌아 왔다…… 후후! 아주 재밌어."

데니르가 다리를 휘저으면서 웃었다. 이성민은 그런 데니르를 바라보다가 입을 열어 물었다.

"나는 무엇인지 알 수 없는 존재의 가호를 받고 있습니다. 그것의 일부를 지워내기는 했지만 전부 지워지지는 않았습니다."

"알아. 너를 어여삐 여기는 존재의 가호는 필멸자가 감히 건드릴 수 없는 것이다. 일부의 가호를 지워냈다고? 후후. 그것은 지워낸 것이 아니라 지울 수 있게 해준 것에 지나지 않아. 그리 중요한 것은 아닐 테니까."

데니르가 웃음을 흘리며 대답한다. 이성민은 계속해서 말했다.

"당신은 이에 대해서 자세하게 말해줄 수 있습니까?"

"네 존재는 이질적이다."

데니르가 대뜸 그렇게 말했다.

"죽음에서 돌아온 너는 죽기 이전까지의 기억을 가지고 있다. 너라는 존재가 없다면 이 세상은 네가 가지고 있는 기억대로 흘러갈 거야. 당연히 그렇게 되어야 해. 하지만 '너'라는 존재 자체가 변수가 된다."

"……무슨…… 말입니까?"

"너는 이전 생과 똑같이 살았나?"

데니르가 물었다.

"그 어떤 차이도 없이 살아왔다고 할 수 있나? 전생에서 보낸 매일과 조금의 다름도 없는 매일을 살아왔다고 할 수 있나? 전생의 매일과 똑같은 시간에 잠들고, 밥 먹고, 마시고, 싸고, 말하고, 만나고. 그렇게 했나?"

"그…… 그럴 리가 없지 않습니까. 어떻게 그럴 수 있겠습니까?"

"그래, 그래서 네 존재가 변수가 되어버린 거야. 너는 네 전생과 다른 매일을 보냈기 때문에, 네 존재는 이 세상의 흐름에 대한 변수가 된다."

"나는 그렇게 대단한 존재가 아닙니다."

"자그마한 나비의 날갯짓도 먼 곳에서는 커다란 소용돌이가 되는 법이지. 실제로 지금의 세상은 네가 알고 있는 것과 다르게 변했을 거야. 아닌가?"

그 말에 이성민의 얼굴이 딱딱하게 굳었다. 짚이는 일이 있었다.

금색 마탑주인 로이드는, 이성민이 기억하는 전생에서는 행방불명 상태였다. 하지만 '이성민'이 그 던전에 있었기 때문에 로이드는 행방불명되지 않고서 생환했다.

소천마 위지호연에 대한 소문이 다르다. 그녀는 전생보다 빠르게 위명을 떨쳐 갔고, 남자가 아닌 여자로 알려지고 있었다.

가장 크게 다른 점이라고 할 수 있는 그 둘을 제외하고서라도 몇십, 몇백 가지의 일이 이성민의 머리에 떠올린다.

전생과 똑같은 매일을 보냈는가?

그럴 리가 없다. 전생에서 살아온 매일을 기억하지도 못하는데. 그때와 똑같은 시간에 잠들었냐고? 먹고, 마시고, 싸고, 말하고, 만나고.

불가능하다. 전생의 매일을 뚜렷하게 기억하고 있다고 하여도 그렇게 살 수는 없었을 것이다.

지금의 이성민은 전생의 이성민과 다르다. 다른 무공을 익혔고, 다른 삶을 살았고, 다른 만남을 가져왔다.

"너라는 존재가 변수가 되어 이 세상을 전생과 다르게 바꾸어 가고 있어. 그것이 무엇을 의미한다고 생각하나?"

"……모르겠……."

"네 존재 자체가 이 세상의 모든 흐름을 헝클고 있는 거야."

데니르가 이를 드러내며 웃었다.

"나는 시간의 신이다. 시간이라는 것은 흐름이지. 네 존재는 이 세상을 흘러야 할 방향으로 흐르지 않게 하여 새로운 세상으로 만들어 가고 있어. 너를 가호하는 존재가 궁금한가? 내가 그를 어찌 대답할 수 있겠느냐. 이 세상의 그 누구도 그에 대해 말해줄 수 없을 것이다. 특히, '신'으로 모셔지는 우리는 절대로 그에 대해 말할 수가 없어."

"어째서……?"

"그것은 반드시 함구해야 할 '종언'이기 때문이지. 언급한 순간 우리는 소멸을 각오해야 해. 므쉬처럼 자신의 성지를 가지고 신도를 가지며 신앙되는 신이라면 '종언의 사도'와 공멸이라도 할 수 있겠지만, 나는 불가능해. 나는 성지도 갖지 못했고 신도도 갖고 있지 않으니까."

종언. 종언의 사도. 그 이름을 들은 순간 이성민은 싸늘한 한기를 느꼈다. 이전에 느껴본 적이 있는 감각이었다.

므쉬의 혼잣말을 들었을 때, 그리고 김종현에게서 이야기를 들었을 때 이 한기를 느껴본 적이 있었다.

"하하…… 봐라. 가벼운 언급 정도임에도 사도의 기척이 다가오는군. 더 이상 말할 생각은 없으니 물러서 주시길."

데니르가 즐거운 표정으로 말했다. 그 말에 싸늘함이 멀어진다. 이성민은 막혔던 호흡을 터뜨리며 목을 어루만졌다.

"바, 방금 그건 대체?"

"사도가 다가오려 했을 뿐이다. 더 이상 말해줄 수는 없어. 그래도…… 대화가 통하는 상대이기는 한 모양이군."

데니르는 그렇게 말하면서 몸을 일으켰다.

"나는 네 질문에 대답해 줄 수는 없다. 모든 신이 네 질문에 대답해 줄 수 없어. 우리 역시 필멸의 굴레를 벗지 못한, 종언의 앞에서는 무력하기 그지없는 존재니까."

"그렇다면 누가 대답해 줄 수 있다는 겁니까?"

"필멸의 굴레를 벗은 존재를 찾아라."

"그게 누구인지 말은 해줘야 알지 않겠습니까……!"

"엔비루스."

이성민의 낮은 외침에 데니르가 심드렁한 얼굴로 대답했다.

"워낙 떠돌아다니는 녀석이니 지금은 어디에 있는지 모르겠군. 그 녀석이라면 네 질문에 대답해 줄 수 있을 거야. 그 녀석은 너와는 다른 의미로 인과율이 비틀어진 존재니까."

엔비루스, 엔비루스…….

이성민은 그 이름을 머릿속에 기억했다.

전생의 기억을 떠올려 보아도 엔비루스라는 이름을 가진 존재는 알지 못했다.

"그래서, 이제 슬슬 이야기를 들어보도록 할까. 너는 나에게 무슨 부탁을 하고 싶은 거냐. 므쉬는 왜 너를 이곳에 보낸 것이지?"

"……나는…… 잘 모르겠습니다. 므쉬가 말하기를, 죽음을 거슬러 과거로 돌아왔다면 그럴 만한 이유가 있기 때문이라고 했습니다. 그리고 그 이유에 걸맞은 존재가 되기 위한 준비를 하라고 했습니다."

"그래. 그렇군. 그래서 그 빌어먹을 므쉬가 너를 나에게 보낸 것이었어."

데니르는 그렇게 말하면서 이성민을 바라보았다. 잠시 이성민을 보던 데니르가 머리를 가로저었다.

"하지만 안 돼."

"……예?"

"안 된다고 했다. 나는 너에게 나의 '시련'을 줄 수가 없어."

"잠깐…… 시련이라니. 그게 대체 무슨 말입니까? 당신이 나에게 시련을 줄 수 있다는 말입니까?"

"줄 수는 있지. 하지만 너는 감당할 수 없을 거다. 미쳐서…… 죽어버릴 거야. 이건 내가 너를 위해 하는 충고이니 새겨듣도록 해."

"나는 므쉬의 산에서의 시련도 견뎌냈습니다. 고통에는 익숙……."

"이건 네가 알고 있는 고통과는 달라. 므쉬의 고행과 시련과 금제는 굉장히 상냥하지. 므쉬 본인이 시련과 고행을 주관하는 신이면서도 말이야. 결국 금제라는 것은 너희가 선택하는 것이고, 도중에 포기할 수도 있잖아."

데니르는 그렇게 말하고서 쿡쿡 웃었다.

"하지만 내 시련은 달라. 내 시련은 므쉬의 것과는 다르게 '반드시' 무언가를 얻으리라는 보장도 없다. 어디까지나 너 자신에게 달린 일이기 때문이지. 그러면서도 끔찍하게 고통스럽고 지루해. 여태까지 나를 만나고, 나에게서 시련을 받아낸 존재는 열 명이다. 그리고 그중 셋만이 시련을 통해 무언가를 얻어냈지."

"……나머지는?"

"모두 죽었다. 아, 시련이 그들을 죽인 것은 아니야. 그들 스스로 포기해서 자살한 것뿐이거든. 내 시련에 도전한 열 명 중에서 너보다 못한 녀석은 단 한 명도 없었다. 모두가 빛나는 재능을 가지고 있었고, 열정과 노력과 근성과 독기를 가지고 있었지. 하지만 그중에서도 셋만이 시련을 극복했어."

데니르는 그렇게 말하면서 몸을 일으켰다.

"우선 조금 머리라도 식히도록 해라. 언제라도 찾아와 시련을 요구한다면…… 그래, 네가 자살하고 싶다면 말이야. 그렇다면 시련을 주지 못할 것도 아니니까."

"머리를 식히라니……."

"잠이나 자고 오란 말이다."

데니르가 미간을 찡그리며 투덜거렸다.

"아, 그래도 이곳에서 자는 것은 안 돼. 여긴 내 집이니까."
집 밖으로 꺼지란 말이었다.

5장
검귀

데니르와의 대화를 통해 이성민은 여러 가지를 알게 되었다.

종언과 종언의 사도.

말하면 내가 죽는다.

김종현이 그렇게 말했을 때, 이성민은 의아함을 느꼈었다.

대체 누가 김종현을 죽이려 드는 것인지 이해할 수가 없었기 때문이다. 마찬가지로, 므쉬가 했던 혼잣말 또한 이성민이 이해하기 힘들었던 것은 마찬가지였다.

하지만 이제는 알게 되었다. 므쉬와 김종현을 위협했던 것은 '종언의 사도'다.

그렇다면 종언은 무엇인가?

그것은 여전히 풀리지 않는 의문이었다.

하지만 대체 무엇을 해야 하고 어떻게 풀어가야 할지 알 수 없었던 이전과는 다르게, 데니르와의 만남은 이성민에게 해야 할 일을 확실하게 제시해 주었다.

엔비루스.

그 이름을 가진 사람이 누구인지는 모른다. 이성민과는 다르게 인과율이 비틀어진 존재.

에리아가 넓다는 것을 생각해 볼 때, 이름 하나 가지고 사람을 찾는 것은 불가능에 가까운 일이다.

하지만 에레브리사의 회원인 이성민은 다른 사람들보다 쉽게 정보를 접하는 것이 가능했다.

'나로 인해 흐름이 바뀌고 있다고…….'

교외를 떠나면서 이성민은 착잡한 기분을 느끼며 생각했다. 그것을…… 크게 의식해 본 적은 없다. 느낀 적은 있되 심각한 일이라고는 생각한 적이 없었다. 이성민은 회귀하고서 자신이 살아온 14살부터 새로이 시작한 8년의 세월을 떠올려 보았다.

현재의 이성민은 전생의 이성민과 이름만 같을 뿐 완전히 다른 사람이라고 보아야만 했다.

'나라는 존재가…… 흐름을 바꿀 정도로 대단하단 말인가?'

모르겠다. 그런 식으로 생각해 본 적이 단 한 번도 없기 때문이었다.

이성민은 복잡한 생각을 이어가면서 가까운 여관방을 잡

았다.

생각은 데니르가 말한 '시련'으로 이어졌다. 데니르의 시련이 무엇인지는 모른다. 그것에 대해서는 데니르도, 므쉬도 제대로 말해주지 않았다.

데니르가 축객령만 내리지 않았어도 그에 대해서 진득하게 물어보았을 텐데. 그것이 크게 아쉽기는 했지만 이제 와서 생각하기에는 늦은 일이었다.

자하신공을 대주천하고서 잠들었다.

언제나 일어나던 이른 아침에 눈을 떴을 때, 성하 도인이 죽었다.

여관의 1층에서 그에 대한 이야기를 들었을 때, 이성민은 자신의 귀를 의심했다.

바로 어제까지만 해도 이성민은 화산의 장문인인 성하 도인과 독대하여 이야기를 나누었다.

성하 도인은 늙기는 했지만 기운은 정정했고 두 눈은 정기를 가득 담아 맑았었다. 그런 성하 도인이 죽었다. 고작 하루가 지났을 뿐인데.

"검귀가 그렇게 강했단 말인가?"

반나절 만에 병에 걸린 것이 아니다. 검귀 독비준이…… 성하 도인을 죽였다. 1층 식당에서의 이야기를 들으면서 이성민은 큰 혼란을 느낄 수밖에 없었다.

전생의 기억.

전생의 이성민은 대단한 위치에 선 존재가 아니었다. C급 용병이었던 이성민이 접할 수 있는 소문에는 한계가 있었다.

그 시절에 적극적으로 정보 수집을 하였던 것도 아니었으니, 이성민이 접할 수 있었던 소문은 정말로 '유명한' 것들뿐이었다.

검귀 독비준이 화산파 장문인인 성하 도인을 살해했다는 것은 에리아 전역에 퍼질 만한 큰 소문이다.

하지만 전생의 이성민은 그를 들어본 적이 없었다. 전생에서 성하 도인은 죽지 않았다. 그런데 이번 생에서는 성하 도인이 죽었다.

이성민은 이야기를 나누고 있는 손님들에게 다가가 대체 무슨 일이 벌어진 것인지를 물었다.

이성민의 표정이 싸늘하게 식고 흘러나오는 기세가 범상치 않았기 때문일까. 그들은 숨김없이 간밤에 일어난 사건에 대해 이성민에게 설명해 주었다.

검귀 독비준이 심야에 화산의 산문을 넘었다.

독비준은 은밀하게 화산 장문인인 성하 도인의 침소를 침입했고, 성하 도인을 깨워 비무를 강요했다고 한다.

성하 도인은 독비준의 무례를 꾸짖으며 물러가라고 하였지만 독비준은 말을 듣지 않았다.

그는 결국 먼저 출수하여 성하 도인을 공격했고, 갑작스러운 급습을 시작으로 싸움이 시작되었다.

그것은 서로에게 심한 상처를 입히지 않는 비무를 벗어난 생사결로 이어져 성하 도인은 독비준에게 죽임을 당했다.

화산의 도사들이 뒤늦게 찾아왔지만 이미 모든 것이 끝난 후였다. 성하 도인은 싸늘한 주검이 되었고, 독비준은 그곳에서 도망쳐 버렸다.

'대체 왜.'

이성민은 여관을 뛰쳐나왔다. 이성민은 새하얗게 질린 머릿속에서 의문만을 끊임없이 품었다.

전생의 독비준은 성하 도인을 죽이지 않았다. 아마 전생의 독비준도 화산을 찾아갔겠지만, 끝내 비무는 성립되지 않고 독비준은 성하 도인과의 비무를 포기했을 것이다.

그리고 일 년 후의 던전에서 위지호연에게 죽는다. 그것이 본래의 흐름이다.

하지만 그것이 바뀌었다. 데니르가 했던 말이 이성민의 마음을 짓누른다.

"너라는 존재가 변수가 되어 이 세상을 전생과 다르게 바꾸어 가고 있어. 그것이 무엇을 의미한다고 생각하나?"

"네 존재 자체가 이 세상의 모든 흐름을 헝클고 있는 거야."

'나 때문인가?'

생각은 그곳으로 향한다. 전생과 지금의 차이라면 그것밖에 없다.

전생의 독비준은 화산의 산문에서 이성민을 만나지 않았다. 이성민은 바로 어제 독비준과 만났다. 독비준과 만나, 왜 성하 도인이 비무를 거절하는 것인가에 대해 일러주었다.

그것이 독비준의 행동을 바꾼 것인가?

그렇다면, 만약 그것이 사실이라면 성하 도인의 죽음은 이성민에게 책임이 있는 것 아닌가.

화산파는 장문인을 살해한 독비준을 용서할 생각이 없었다. 독비준이 화산을 탈출한 순간부터, 화산은 독비준을 불구대천의 원수로 규정지었다.

이미 화산파는 드리무어의 많은 길드에게 협력 요청을 보내 천라지망으로 독비준을 맹추격 중이었다.

이성민은 자신이 느끼고 있는 감정의 정체를 알 수가 없었다. 그것은 이성민이 살아오면서 그렇게 크게 느껴본 적이 없는 감정이었기 때문이다.

하지만 이성민은 그 감정이 낯설다고 하여 주저할 수는 없었다. 정신을 차렸을 때, 이성민은 달리고 있었다.

여관에서 들은 이야기로는 독비준은 화산을 넘어 북쪽으로 오르고 있다고 했다.

습격하여 성하 도인을 살해하는 것은 역사에 존재하지 않았다. 그렇다는 것은 독비준의 행동 또한 예정되어 있는 것이 아니라는 뜻일 것이다.

독비준이 북쪽으로 향하는 것에는 그곳에 무언가가 있기 때문이 아니다. 단지, 단지. 화산을 피해 도망치고 있는 것뿐이다.

전력을 다해 펼친 경공은 이성민을 단숨에 북쪽 성문을 지나게 만들었다. 이성민은 턱 끝까지 숨이 차오르는 것 같았지만 멈추지는 않았다.

책임감.

낯선 감정이다.

용병이었을 적의 이성민에게, 책임감이라는 것은 '돈'이었다. 의뢰를 받아놓고서 수행하지 않는다면 의뢰금을 내뱉어야 한다. 당시의 이성민이 가지고 있던 책임감이라는 것은 그 정도가 고작이었다.

그렇다면 지금은?

죽어서, 되돌아와 살아가고 있는 지금은.

여태까지 책임감이라는 것을 느껴본 적이 있던가?

없다. 모르겠다. 자각한 적도 없다. 책임을 져야 할 상황에 처했던 적도 없는 것 같았다.

이성민이 살아온 8년은 자기 자신을 위한, 그런 시간이었다. 뚜렷한 목적도 없이 위지호연과의 재회만을 멀찍이 두었고, 그 사이에 '해야 할 일들'을 끼워 넣어 살아왔다.

그런 삶에서 책임감을 느껴본 적은 없었다. 사실 지금의 일도 이성민이 정말로 책임감을 느껴야 하는 일인 것인지, 그에 대해서는 이성민도 알 수가 없었다.

다만 가만히 있을 수가 없었다.

'나'와 검귀가 만났기에 죽지 않아야 할 성하 도인이 죽었다.

'나'라는 존재가 본래의 흐름을 어그러뜨리고 있다.

지금만이 아니다. 이성민의 머릿속에 여태까지 자신이 보낸 8년이 스쳤다.

이성민의 존재로 인해 본래의 삶과 벗어난 이들은 분명 존재할 것이다.

그들 모두에게 책임감을 느낄 수는 없었다. 그래, 이성민은 이기적이다. 자신이 알고 있는, 손에 닿는. 그런 이들만 생각할 뿐이다.

그러니 검귀에게 책임감을 느낀다. 이렇게 되어버린 것에 책임감을 느낀다. 동시에, 검귀에게 묻고 싶었다.

묻고 싶은 것이 있었다.

"멈추시오."

화산의 근처까지 달려온 이성민의 앞을 다섯 명의 도사가 가로막았다. 모두가 매화의 문양을 옷에 새긴 화산의 도사들이었다.

"이 앞으로는 갈 수 없소."

"……어째서입니까?"

"이 앞에는 천라지망이 펼쳐질 예정이오. 그대가 누구인지는 모르겠으나, 괜한 시비에 휘말리고 싶지 않다면 다른 길을 찾아주시오."

"……검귀를 쫓는 겁니까?"

이성민이 물었다. 그 말에 말을 하던 도사의 얼굴이 싸늘하게 식었다.

"그렇소."

어떻게 해야 하는 것일까, 어떤 행동이 정답인 것일까.

이성민은 말없이 도사들을 보았다. 그들은 이성민이 물러서지 않는 것을 보고서 허리춤의 검을 잡았다.

이대로 물러서야 하는가. 검귀를 만난다고 해서…… 이성민이 할 수 있는 것이 무어가 있을까. 아니, 애초에 '나'는 무엇을 하고 싶은 것인가. 검귀를 구하고 싶은 건가?

그것은 불가능하다. 이미 검귀는 성하 도인을 죽였다. 화산은 무슨 수를 쓰더라도 그 빚을 갚으려 할 것이다. 검귀의 행동을 두둔할 여지는 존재하지 않는다.

'내'가 하고 싶은 것은.

"……비켜주십시오."

이성민은 작은 소리로 말했다. 그 말에 이성민을 가로막고 있던 도사 중 하나가 검을 뽑았다.

스릉 하는 쇳소리와 함께 뽑힌 검이 창백한 빛을 발했다. 그를 시작으로 다섯 명의 도사가 일제히 검을 뽑았다.

이성민은 아랫입술을 잘근 씹으면서 등 뒤에 둘러메고 있던 창을 잡았다.

도사들이 달려들었다. 가장 빠르게 접근한 것은 중앙의 도사였다.

이성민은 화산의 검을 겪어본 적은 없었다. 하지만 그렇다고 해서 검을 모르지는 않았다. 소림의 칠십이종절예를 익힌 지학은 검술 또한 달인의 경지에 도달해 있었고, 지난 4년간 이성민은 지학과 매일매일 쉼 없이 비무를 해왔다.

그렇기에 '검'은 안다.

검이라는 무기가 어떻게 쓰이는 것인지. 검법이라는 것은 검이라는 무기를 보다 다양하고 위력적이게 쓰이게 하는 것이다. 결국 검이라는 무기를 완전히 초월하지는 못한다.

횡으로 다가온 검을 란의 수법으로 거두어 낸다. 살초를 쓸 수는 없다. 그렇게 하였다가는 돌아올 수 없는 강을 건너게 되어버린다. 그렇기에 이성민은 구천무극창을 쓰지 않았다.

사실 쓸 필요도 없었다.

이성민이 상대하고 있는 것은 다섯. 그들은 모두가 화산의 검법을 정통으로 익힌 제자들이었지만, 그렇다고 해서 그들 모두가 뛰어난 천재인 것은 아니었다. 그들은 이성민보다 나이가 조금 어렸고, 실력은 훨씬 뒤떨어졌다.

사방에서 휘둘러지는 검의 소리를 듣는다. 눈으로 볼 것도 없이 이성민은 공격을 느끼고 있었다.

제압을 목적으로 하고 있는 이성민과는 다르게, 이성민을 공격하는 도사들은 이성민을 죽이는 것을 목적으로 하고 있었다.

이성민은 이렇게 되어버린 상황에 착잡함을 느꼈다. 어쩌면, 만약 나에게 그 '가호'가 남아 있었더라면 저들을 설득할 수도 있지 않았을까.

그런 생각을 버린다. 그런 것에 기대고 싶지 않았기 때문에 불영대사에게 부탁해서 가호를 없앴던 것 아닌가.

이성민의 손안에서 창이 빙글 돌았다. 창두가 아닌 창준으로. 이성민이 휘두른 창은 묵직한 둔기가 되어 지척에 있던 도사의 어깨를 때렸다.

도사는 비명과 함께 검을 놓았고. 이성민은 그 즉시 공격의 대상을 바꾸었다.

파바박!

빠르게 뻗어져 나간 창두가 도사들이 쥐고 있던 검을 떨어뜨렸다.

"그만!"

버럭 지른 외침이 이성민의 정신을 뒤흔들었다. 이성민은 흠칫 놀라 발을 뒤로 끌면서도 육감의 경고에 따라 창을 들어 올렸다.

꽈아앙!

손아귀가 얼얼해질 정도의 충격과 함께, 이성민의 몸이 크게 뒤로 밀려났다.

난입과 동시에 이성민에게 검을 찌른 것은 짧은 수염을 가진 중년인이었다. 막아내는 것 자체는 좋았으나, 이성민은 내장이 진탕되는 것을 느끼며 미간을 일그러뜨렸다.

난입한 중년의 도사는 이성민보다 반 수 정도 높은 실력을 가지고 있었다.

이성민은 낭패다 싶어서 중년 도사를 노려보았다. 이성민을 물러서게 한 도사는 쓰러져 있는 어린 도사들을 힐긋 보았다.

"……그대는 누구시오?"

이성민의 실력을 인정한 것인지, 도사는 이성민에게 어느 정도 말을 높여주었다. 사실 실력의 인정뿐만이 아니라, 이성민에게 쓰러진 도사들이 거의 상처를 입지 않았기 때문이었다.

"아…… 이성민 님?"

의외의 목소리가 들린 것은 그 순간이었다. 중년 도사의 뒤쪽에 이성민이 알고 있는 얼굴이 서 있었다. 김종현이었다.

이성민은 놀라 눈을 크게 뜨고서 김종현을 바라보았다. 놀란 것은 김종현도 마찬가지였는지, 그는 입을 반쯤 벌리고 있었다.

베헨게르를 떠나기 전에 보았던 것이 마지막이었으니, 김종현과 다시 만나는 것은 4년 만이었다.

4년이라는 시간이 둘 사이에 공백으로 존재하기는 했었어도, 김종현은 마치 시간이 멈춘 것처럼 변하지 않은 모습이었다.

"이거…… 별난 인연이로군요. 이것도 운명인지."

김종현은 그렇게 중얼거리면서 성큼거리며 걸었다.

4년 전과 비교해서 얼굴은 달라지지 않았으나, 입은 옷차림은 그때와 많은 차이가 있었다.

이성민이 기억하는 김종현의 옷차림은 아무렇게나 받쳐 입은 티와 그 위에 걸친 흰 가운이었다. 하지만 지금의 김종현은 고급스러워 보이는 어두운색의 로브를 입고 있었다.

로브에 새겨진 검은색의 문양은 단순히 금색 실을 박아 새긴 것이 아니었다. 그것은 마치 살아 있는 것처럼 쉼 없이 꿈틀거리며 움직이고 있었다.

"……아는 사이십니까?"

검을 쥐고서 이성민을 견제하고 있던 중년 도사가 묻는다. 그 질문이 향한 대상은 김종현이었다. 그 질문에 이성민의 눈썹이 꿈틀거렸다.

초절정 고수라는 것은 흔한 것이 아니다.

이성민이 만나온 무인 중에 기이할 정도로 고수가 많은 것이지, 초절정 고수는 대형 문파에서도 몇 명 존재하지 않는다.

절정고수라면 어느 문파에서도 중견 이상의 실력을 가졌다는 것이다.

이성민보다 반 수 정도 높은 실력을 가진 화산의 중년 도사.

이성민의 실력이 초절정의 문을 두드리고 있다는 것을 볼 때, 이성민을 가로막은 도사는 구파일방인 화산파 안에서도 상당한 위치에 선 고수라고 봐야 한다. 그런데 그런 화산파의 고수가 김종현을 상대로 극존칭을 하고 있었다.

"아, 아아. 아, 예. 아는 사이입니다. 그런데…… 무슨 일이 일어난 겁니까? 뭔가 오해가 오간 듯한데."

김종현은 주변을 쓱 둘러보면서 중얼거렸다. 쓰러져 있던 화산의 어린 도사들이 몸을 일으킨다. 그들은 숨을 몰아쉬면서 외쳤다.

"우, 우리는 아무 잘못도 하지 않았습니다. 들은 대로 이곳에서 출입을 통제하고 있었는데, 다짜고짜 안으로 들어가야 한다면서……!"

"……으음……."

어린 도사들의 외침에 중년 도사가 신음을 흘렸다. 그는 이성민의 얼굴을 살펴보다가 뒤늦게 깨달아 중얼거렸다.

"그대는…… 어제…… 소림의 서찰을 가지고 장문인과 독대한 청년 아니오?"

"……맞습니다."

"그래…… 맞아. 우풍이 말했었지. 그대가 검귀와 아는 사이었다고. 설마…… 검귀를 구하기 위해 이곳에 온 것이오?"

"그건…… 아닙니다."

"그렇다면 무엇을 위해 이곳에 온 것이오? 왜 저들을 제압하려고 했던 것이오? 검귀를 구하기 위해 온 것이 아니라고 하였으면서, 왜 검귀를 추살하려는 화산의 행사를 방해하려는 것이오!"

그 말에 이성민은 대답할 말을 고민했다.

검귀와 만나야 한다. 검귀에게 묻고 싶은 것이 있다. 이 일에 책임을 져야 한다.

어떤 식으로?

책임감을 느끼고 있는 주제에 어떤 식으로 책임을 지겠다는 것인지에 대해서는 생각하지 않고 있다.

다만, 어렴풋하게 책임을 져야 한다고 생각하고 있을 뿐이다. 그러니 그것은 언어가 되지 못한다.

마음속에서 느끼고 있는 충동. 고작해야 충동. 그것을 언어로 제련하지 못하였으니 말할 수도 없고 자신의 마음을 갈무리할 수도 없다.

"……흐음."

침묵하고 있던 김종현이 어깨를 으쓱거렸다. 김종현의 두 눈이 이성민에게 향했다.

[무슨 일입니까?]

머릿속에서 김종현의 목소리가 울린다. 전음은 아니었지만 전음과 흡사했다.

이성민은 우선 김종현에게 자신이 처한 상황에 대해 설명해 주었다. 김종현은 이성민이 죽어서 회귀한 존재라는 것을 알고 있었기 때문에, 그에게 설명하는 것은 크게 어려운 일이 아니었다.

"함께 가도록 하죠."

이야기를 모두 전해 들은 김종현이 머리를 끄덕거리며 말했다. 그 말에 중년 도사가 놀란 눈을 하고서 김종현을 돌아보았다.

"그게 무슨……?"

"유상 도인, 나는 당신의 사숙인 진랑 도인의 부탁을 받아 당신들을 돕기 위해 길드에서 파견되었습니다. 검귀를 추격하고 죽여 그에게서 사건의 전말을 듣기 위해서는 내 도움이 절대적으로 필요할 겁니다."

김종현은 차분한 얼굴로 유상 도인에게 말했다. 유상 도인은 김종현의 말에 떨떠름한 표정을 짓기는 하였지만 머리는 끄덕거렸다.

"그건…… 나도 알고 있소이다."

"이성민 님과 함께 갈 수 없다면 나도 가지 않겠습니다."

김종현이 대뜸 그렇게 내뱉자 유상 도인의 얼굴이 일그러졌다.

표정이 그렇게 된 것은 이성민도 마찬가지였다.

[아니, 너무 억지스러운 것 아닙니까?]

[억지를 부리는 것 말고 저 깐깐한 도사를 설득할 다른 방법이 있겠습니까? 오히려 이런 경우에는 애새끼처럼 졸라대는 것이 잘 먹힐 겁니다.]

[유상 도인이 당신을 제압해서 억지로 데려가면 어떻게 합니까?]

[유상 도인에게 그럴 권한은 없습니다. 아니, 화산의 그 누구도 나를 그렇게 대할 수 없습니다. 화산은 이 일에 대해 마법사 길드에게 정식으로 지원을 요청하였고, 나는 그를 위해 마법사 길드에서 파견되었습니다. 화산이 나를 함부로 대한다면 그것은 마법사 길드의 위신에 똥을 처바르는 것과 같은 행위입니다.]

[그 정도입니까?]

[4년이라는 시간 동안 이성민 님은 상당히 변하셨군요. 특히 무공이 많이 는 것 같아요. 나라고 해서 놀고 있었던 것은 아닙니다. 스칼렛 님이 적색 마탑주가 되었다기에, 나도 배알이 꼴려서 베헨게르 마법사 길드에서 나왔습니다.]

[……예? 그게 무슨 말입니까?]

[지금의 나는 흑색 마탑주가 되었습니다.]

김종현은 대수롭지 않다는 얼굴을 하고서 말했지만, 이성민은 그 말을 가볍게 받아들일 수가 없었다.

흑색 마탑주. 그 말인즉, 마법사 길드에 적을 올린 흑마법사 중에서 김종현이 가장 높은 자리에 올랐다는 뜻이었기 때문이다.

[너무 그렇게 보실 것 없습니다. 다른 마탑주와는 다르게 흑색 마탑은 규모도 그리 크지 않고 대단한 힘도 가지고 있지 않습니다. 실력 있는 흑마법사들은 프레스칸처럼 죄다 금기를 범하여 퇴출되었거나 죽었고, 애초에 마법사 길드에 들어오지 않거나 하는 경우가 대부분이거든요. 뭐. 그래도 지금 같은 때 억지를 부릴 정도의 힘은 가지고 있습니다.]

김종현이 빙그레 웃었다.

똥 씹은 얼굴로 고민하고 있던 유상 도인이 이를 갈면서 머리를 끄덕거렸다.

"……만약 저 청년이 검귀를 도우려 든다면 어쩔 셈이시오?"

"만약 그렇게 된다면 내가 이성민 님을 죽이겠습니다. 확실하게요."

표정 하나 바꾸지 않고 내뱉은 말이었지만, 이성민은 그 말이 진심임을 느낄 수 있었다. 그를 느낀 것은 유상 도인도 마찬가지였다.

결국 유상 도인은 이성민이 안으로 들어가는 것을 허락했다.

이성민과 동행하게 되자, 김종현은 유상 도인에게 호위해줄 필요가 없다고 말했다.

"저 청년이 나보다 더 뛰어나다는 뜻입니까?"

"아니요. 그냥 필요가 없다는 겁니다. 나는 흑색 마탑주입니다. 내 한 몸 지킬 재주는 넘치도록 가지고 있습니다."

"하지만 정중히 모셔오라고……."

"당신과 함께 가는 것 자체에 나는 정중함을 느끼고 있지 못합니다. 그냥 가서 저기 저, 아파하는 어린 도사들이나 챙기십시오."

그렇게까지 말을 하니 유상 도인은 더 이상 김종현을 따라올 수가 없었다. 이성민은 김종현과 함께 이동하면서 혀를 내둘렀다.

"김종현 님은…… 생각했던 것보다 억지를 잘 부리시는군요."

"자리가 사람을 만드는 법 아니겠습니까."

김종현이 대답했다. 이성민은 마음이 조급하여 빠르게 걸었고, 김종현은 그런 이성민의 걸음 속도와 비교해도 조금도 뒤처지지 않았다.

"마음껏 달리셔도 됩니다."

김종현이 그렇게 말하고 나서야 이성민은 경공을 펼쳐 앞으로 뛰어나갔다.

"그런데, 어디로 가야 할지는 알고 계신 겁니까?"

힐긋 옆을 보자 김종현이 바닥에서 반 뼘 정도 떨어져서 날고 있었다.

하늘을 나는 경신법이라면 절세적인 것일 테지만, 김종현이 쓰고 있는 것은 무공이 아닌 마법이다.

"……모릅니다."

"아무 계획도 없군요. 방향은 제가 정해드릴 테니 가십시오."

이성민은 새삼, 자신이 얼마나 감정적으로 움직였는지 자각하게 되었다. 그 상황에서 김종현과 만나지 않았더라면 유상 도인과의 싸움에서 크게 낭패를 보았을 것이다.

운이 좋아 유상 도인을 제압하고 나아갔더라도 화산과 척을 졌을 테고, 이 넓은 지역에서 검귀를 추적하는 것은 불가능했을 것이다.

"그런데…… 천라지망이라고 하였는데. 왜 아무도 보이지 않는 겁니까?"

"천라지망이라고 하여 광범위한 지역을 사람으로 가득 채워 좁혀 나간다면 그 얼마나 비효율적이고 귀찮은 일입니까. 뭐. 에리아가 아닌 무림에서는 그런 식의 천라지망을 펼쳤다는 모양이지만…… 이곳은 무림이 아닙니다."

김종현이 입꼬리를 씰룩거리며 웃었다.

"에리아에는 인력을 대체할 많은 수단이 존재합니다. 마법도 그런 수단 중 하나이지요. 화산은 검귀의 추살을 위한 천라지망을 효율적으로 하기 위하여 드리무어 마법사 길드에게 협력을 요청했습니다. 물론 공짜는 아니었고, 마법사 길드는 그를 수락했습니다. 마법사 길드의 수많은 마법사가 추격 마법과 사역마 등을 사용하여 검귀를 쫓고 있고, 마침 드리무어에 있던 내가 이곳에 오게 된 겁니다. 이미 검귀의 위치는 파악되었습니다. 그에 대한 정보는 실시간으로 화산의 무인들에게 전달되고 있지요."

"……당신은…… 검귀와 만나서 무엇을 하려는 겁니까?"

"나 말입니까? 흠. 검귀의 추살 자체에 내가 개입할 여지는 없을 겁니다. 나는 단지…… 검귀가 기묘한 사술을 쓴다고 하여 그에 대한 대응으로서 이곳에 온 겁니다. 그리고 검귀가 죽었을 때, 그를 심문하기 위해서 온 것이기도 하고요."

"……심문이라니. '검귀가 죽었을 때'라고 하지 않았습니까?"

"때로는 산 사람을 심문하는 것보다 죽은 사람을 심문하는 것이 더 편할 때도 있습니다. 특히나 나 같은 흑마법사에게는 말이지요. 그보다…… 이성민 님, 당신에게 느껴지던 불길한 가호의 일부가 사라져 있군요."

"……느껴지십니까?"

"물론입니다. 나는 해주가 불가능했지만. ……후후! 왜 그 가호를 해주하신 겁니까?"

김종현이 웃는 소리를 내면서 물었다. 김종현이 정하는 방향으로 달리고 있던 이성민은 곧바로 대답하지 않고서 아랫입술을 살짝 씹었다.

잠시 뒤에, 이성민이 대답했다.

"……의존하고 싶지 않았습니다."

"그 기묘한 가호는 당신에게 악영향을 주지 않고 있었습니다. 오히려 당신을 돕고 있었지요. 생면부지의 타인에게 무조건적인 호감을 받아내는 것은 대단한 능력입니다. 그 호감이 비록 충동적인 것이라고는 하여도 '첫인상'을 강제적으로 새겨줄 수 있다는 것은…… 사용하기에 따라 어마어마한 가치를 지닌 능력이지요. 그런데. 그런 가호를 단순히 의존하고 싶지 않다는 이유만으로 버린 겁니까?"

"……차라리 그 가호의 존재를 내가 인식하고 있지 않았다면 모를까. 그를 인식하고 있는 이상, 나는 타인에게 기대하게 됩니다. 타인이 나에게 호의를 주는 것을. 그리고 그걸 당연하게 여기면서 오만해질 겁니다. 그리고 나는…… 그 충동적인, 강제적인 호의로서 타인과 이어지고 싶지 않습니다."

"하하하!"

이성민의 대답에 김종현이 크게 웃음을 터뜨렸다.

"결국은 자기만족인 것 아닙니까. 이성민 님, 이미 당신은 필요한 대부분의 것을 얻었고, 그것을 얻게 된 과정은 그 정체 모를 가호의 덕이었을 겁니다. 받아먹을 것은 다 받아먹고, 이제 와서 그런 말을 하는 겁니까?"

"맞습니다. 결국은 자기만족이에요."

이성민은 그를 부정하지 않았다.

"나는 그런 사람입니다. 이기적이고, 나밖에 모릅니다. 지금 내 행동도 마찬가지입니다. 나는 검귀를 만나서 무엇을 하고 싶은지 나 스스로도 모르고 있습니다. 다만, 그렇게 하고 싶기에 이렇게 하고 있는 겁니다."

"뭘 새삼스럽게."

김종현이 다시 웃었다.

"사람이라는 것이 애초에 그런 것 아닙니까. 하고 싶어서 하는 것에 뭐 대단한 이유와 근거와 납득이 필요합니까. 애초에 모든 동물은 충동으로 살아갑니다. 그것을 억제하는 것이 이성이고. 이성이 옳고 하고 싶은 것을 자제하지 않는다고 하여 사람이 사람이 아니게 되는 것은 아니지 않습니까."

냄새가 느껴진다.

"충동적으로 행동한다고 하여 이성민 님이 왜 내가 이렇게 행동하는가에 대해서 굳이 답을 내릴 필요는 없습니다. 가호를 지워낸 것에 대단하고 숭고하고 누구나 납득할 만한 이유가 필요한 것은 아닙니다. 단순히 이것 아닙니까? 이성민 님. 당신은 당신이 하고 싶었기 때문에, 그렇게 한 겁니다."

그래서 자기만족이라고 하는 것이다.

느껴진 냄새가 진해진다. 이성민은 이 냄새를 알고 있었다. 피 냄새였다.

나뒹구는 시체들이 보였다. 소림에 있었을 적에는 시체를 본 적이 없었기 때문에 시체를 보는 것은 꽤 오랜만이었다.

이성민은 바닥에 널브러진 시체를 향해 다가갔다. 시체는 화산의 도복을 입고 있었으나 그 형태가 이성민의 눈길을 잡아끌었다.

"이게…… 뭐야……?"

이성민은 당황하여 그런 말을 중얼거렸다. 사인(死因)은 가슴을 깊게 베고 나간 검상이었지만, 단지 그것뿐만이 아니었다. 시체는 미라처럼 말라 비틀어져 있었다.

몸을 숙여 조금 더 살펴보려는 순간, 김종현이 이성민을 제지했다.

"만지지는 마십시오."

"예."

애초에 만질 생각도 없었다. 이런 묘한 시체에 괜히 손을 댔다가는 무슨 일이 벌어질지 모른다.

이성민이 몇 걸음 뒤로 물러서자 김종현이 앞으로 나서 시체를 살펴보았다.

"과연."

고개를 주억거리며 시체를 살피던 김종현이 턱을 어루만졌다.

"검귀가 사법을 쓴다고 하더니…… 후후! 단순히 대인전에서의 환각 같은 것이라고 생각했었는데, 아무래도 그런 단순한 것은 아니었던 모양입니다. 과연, 이래서야 '검귀'라고 할 법하군요."

"무슨 말입니까?"

"에너지 드레인이라는 마법은 알고 계십니까?"

"알고는 있습니다."

"에너지 드레인은 굉장히 종류가 다양합니다. 뱀파이어의 흡혈도 에너지 드레인이고, 무공 중의 그 뭐냐…… 흡성대법도 에너지 드레인이지요. 종류가 다양한 만큼 방법도 다르고. 하지만 결론은 이겁니다. 에너지 드레인은 상대의 것을 빼앗아 자신의 것으로 삼는다는 거죠."

김종현은 그렇게 말하면서 말라비틀어진 시체의 팔을 들어 올렸다.

"검귀가 사용하는 에너지 드레인이 어떤 방식인지는 저도 잘 모르겠습니다만. 하지만…… 이것 하나만은 알아두십시오. 검귀는 지금 이 순간도 계속해서 강해지고 있을 겁니다."

김종현은 그렇게 말하면서 숙이고 있던 몸을 일으켰다.

"추격의 방식을 바꿔야겠어요. 지금까지는 사역마를 통해서 검귀를 쫓고, 화산의 도사들이 그 정보를 토대로 검귀를 쫓는 방식이었는데…… 이런 방식으로 계속했다가는 검귀에게 힘을 보태줄 뿐입니다. 아예 몰아넣어서 확실히 죽여야 해요."

어제, 검귀와 나누었던 말이 이성민의 머리를 스치고 지나갔다.

벽을 맞닥뜨린 적이 있냐고.

검귀는 벽을 맞닥뜨렸고 절망했다. 다만 그렇게 주저앉는 것 대신에 검귀가 택한 것은 검이 아닌 다른 방법을 사용해 그 벽을 넘는 것이었다.

검귀를 비난하고 싶은 마음은 없다. 이성민에게는 그럴 자격이 없기 때문이다.

이성민과 김종현은 다시 이동을 시작했다.

시체들은…… 계속해서 나왔다. 화산 도사의 시체들만 있는 것은 아니었다.

"검귀는 선을 넘었군요. 너무 많은 선을 넘어버렸어요. 이건 더 이상 검귀와 화산의 문제로 끝나지 않을 겁니다."

로브를 입은 마법사의 시체, 갑옷을 입은 용병의 시체, 몸에 착 달라붙는 검은 옷을 입은 정보 길드원들의 시체.

"대체 무슨 자신감으로 이러는 것인지도 잘 모르겠군요. 감당할 자신이 있다는 것인가? 아니면 궁지에 몰려 발버둥 치고 있는 것뿐인가. 결국 이대로 가다가는 파멸만이 기다리고 있을 뿐인데."

이성민도 김종현의 중얼거림에는 공감할 수밖에 없었다. 검귀는…… 파멸로 가고 있었다.

성하 도인만 죽이고 도주하여 성공했다면 그래도 화산의 주적이 되어 평생 추격을 받겠지만, 이미 상황은 검귀와 화산의 문제를 떠나 버렸다.

마법사 길드에서도 상당한 피해가 발생했고 용병 길드와 정보 길드 쪽에서도 마찬가지다.

"운이 좋아 이곳에서 도주할 수 있더라도. 검귀는 에리아에서 살아갈 수가 없게 될 겁니다."

김종현은 그렇게 말하면서 손을 움직였다. 하늘을 떠돌던 까마귀 하나가 내려와 김종현의 귓가로 다가왔다.

김종현은 까마귀의 귀에 대고 작은 목소리로 소곤거렸고,

김종현의 입술이 닫히자 까마귀가 날개를 크게 퍼덕거리면서 위로 날아올랐다.

"근처에 있습니다."

얼마나 이동했을까.

김종현이 움직이는 것을 멈추었다. 어느덧 해가 저물어 가고 있었다. 노을을 등진 김종현의 주변에는 주먹만 한 검은 구체들이 떠 있었다.

"우리가 이동이 훨씬 빨랐기 때문에, 화산의 도사들이 도착하는 것에는 조금 더 시간이 걸릴 겁니다. 사실을 말하자면 제가 정보 전달에 장난을 조금 쳐 두었어요. 그들이 조금 늦게 오도록."

"어째서입니까?"

"당신은 검귀와 만나고 싶은 것 아니었습니까?"

김종현은 그렇게 말하며 이를 보이며 웃었다.

"만날 수 있게 해드리는 겁니다. 궁금하거든요. 당신이 검귀와 만나서 대체 무엇을 할지. 그리고 당신으로 인해 달라지기 시작한 흐름이, 다시 당신과 만나 어떻게 될지. 나는 그게 궁금합니다. 내가 관측자가 될 수는 없겠지만요."

이성민은 김종현의 말을 모두 다 이해할 수는 없었다. 다만 김종현이 이 일에 대해 깊은 흥미를 가지고 있음은 느낄 수 있었다.

검귀는 우두커니 서 있었다.

바쁘게 도망치고 있을 것이라고 생각하였는데, 설마 저런 식으로 가만히 서 있을 것이라고는 생각하지 못해 이성민은 내심 의외라고 느꼈다.

이성민이 소리 죽인 걸음을 뻗었을 때.

"은신술은 배우지 않은 모양이로군."

등을 돌리고 서 있던 검귀가 그렇게 중얼거렸다. 이성민은 흠칫 놀라 걸음을 멈추었다.

"놀랄 것 없네. 설마 자네가 이곳에 올 것이라고는 생각하지 않았지만."

"……저인 줄 알고서 기다리고 있던 겁니까?"

"맞아. 자네의 기척은 기억하고 있으니까. 만약 다른…… 사람이 왔다면, 이렇게 가만히 기다리지는 않았겠지."

검귀는 그렇게 중얼거리면서 몸을 돌렸다. 정면으로 선 검귀의 표정은 의외로 차분하게 가라앉아 있었다.

"자네도 나를 죽이러 온 것인가?"

검귀가 묻는다. 이성민은 대답을 망설였다. 등 뒤에 맨 창을 쥐어야 하는 것일까.

손을 쥐었다 펴는 이성민을 보면서 검귀는 더 이상 묻지 않았다.

그래, 그는 검귀였다. 지금의 이성민 앞에 있는 것은 독비준이라는 이름을 가진 무인이 아니라, 검귀라 불리는 자였다.

"……묻고 싶은 것이 있습니다."

"이야기를 나누기에 그리 적절한 장소도 아니고, 내 형편이 마땅치도 않지만……."

검귀는 그렇게 중얼거리면서 뒤를 힐긋 돌아보았다. 해가 저물고 있었다.

"상관은…… 없겠군. 곧 밤이 될 테니까."

"만약, 만약에 말입니다. 제가…… 어르신을 만나지 않았다면, 화산의 산문에서 어르신을 만나지 않았다면."

"자네는 무슨 말을 하고 싶은 것인가?"

하고 싶은 말을 정리하지 못하는 이성민을 향해 검귀가 머리를 갸웃거렸다.

무슨 말을 하고 싶은 것이냐고? 나도 모르겠다.

이성민은 아랫입술을 잘근 씹었다. 그럼에도 물을 수밖에 없었다.

"제가, 어르신과 화산의 산문에서 만나지 않았고, 어르신에게…… 성하 도인이 왜 비무를 거절하는지 말하지 않았더라면 어르신은…… 어찌하셨겠습니까?"

"이상한 것을 묻는군."

검귀가 작은 목소리로 중얼거렸다. 하지만, '이상한 질문'이라고 한 주제에 검귀는 그 질문에 쉽게 대답해 주지 않았다.

잠깐 동안 생각을 정리하던 검귀가 입을 열었다.

"만약 그랬더라면 나는 성하 도인과의 비무를 포기했을 것일세."

그 대답을 듣고서 이성민은 어떤 표정을 지어야 할지 머뭇거렸다.

"구파일방의 장문인과 싸워보기에는 아직 자격이 부족하구나. 그렇게 생각하고 물러섰을 거야. 하지만…… 자네에게 이야기를 듣게 되었지. 왜 성하 도인이 나와의 비무를 거부하는 것인지. 자격이 중요한 것이 아니었어. 내가 사법을 쓴다는, 그 사실이 중요했던 것이야."

검귀는 그렇게 중얼거리면서 머리를 들어 하늘을 보았다. 밤이 찾아오고 있었다.

"그런 이유 때문이라면 시간이 아무리 흘러도 나는 평생 성하 도인과 싸울 수가 없었겠지. 그렇기에 나는 야밤에 화산의 산문을 넘었네. 그리고 무례임을 알면서도 성하 도인에게 싸움을 걸었지. 그가 싸우려 들지 않고 나를 무례하다 꾸짖기에…… 더욱 큰 무례를 범했을 뿐일세."

"왜 죽인 겁니까."

"칼에는 눈이 없는 법. 성하 도인은 강했네. 살초를 쓰지 않고서는 도저히 이길 수가 없는 상대였어. 하지만…… 하지만 말일세."

하늘을 올려 보던 검귀가 머리를 내렸다. 검귀가 짓고 있는 표정을 보고서 이성민은 오싹 소름이 돋는 것을 느꼈다.

검귀는 웃고 있었다. 그보다 더 즐거울 수 없다는 듯이, 그보다 더 충만할 수 없다는 듯이. 그런 미소를 짓고 있었다.

"성하 도인과의 싸움은 즐거웠네."

검귀가 고개를 주억거렸다.

"세상이 넓음을 알았네. 내가 이전까지 싸워본 상대 중에서 성하 도인은 가장 강했어. 갑작스러운 싸움이었지만 그럴 가치가 있었네. 아마 성하 도인도 만족하면서 죽었을 거야."

일그러진 말이었다. 광기로 비틀린 검귀의 말은 이성의 흔적은 조금도 찾아볼 수가 없었다.

그 말을 들으면서 이성민은 독이라도 삼킨 것처럼 속이 쓰려오는 것을 느꼈다.

나 때문이다. 내가 말하였기에, 본래는 죽지 않을 성하 도인이 죽었다.

"한데, 자네는 왜 그런 것을 묻는 것인가?"

이성민은 대답하지 않았다. 창을 쥘까 말까 고민하며 쥐었다 펴던 손을 등 뒤로 넘긴다. 이성민의 손이 단호하게 창을 붙잡았다.

"나로 인하여 성하 도인이 죽었습니다."

"이상한 말을 하는군. 성하 도인을 죽인 것은 나일세. 내 칼이 성하 도인을 죽였지."

"제가 어르신과 만나지 않았더라면 성하 도인이 죽을 일도 없었겠지요."

"하하! 우스운 말이야. 세상일이라는 것은 알다가도 모르는 것인데. 이 일에 자네가 책임감을 느낄 이유가 어디에 있는가? 자네와 내가 화산의 산문에 만난 것은 우연이었어."

"나에게는 아닙니다."

창을 앞으로 꺼낸다. 검귀는 그것을 보고서 두 눈을 가늘게 떴다.

"자네는…… 자네 자신을 너무 과대평가하고 있군. 자네의 경지가 나이에 비해 뛰어나다는 것은 인정하는 바일세. 하지만 자네는 나를 이길 수 없어. 내 비록 가진 그릇에 절망하기는 하였으나, 그래도 초절정의 벽은 넘었네. 아직 그 문턱에도 가지 못한 자네가 나를 쓰러뜨릴 수 있으리라고 보는가?"

"……압니다. 나는 당신을 이길 수 없습니다."

이성민은 자기 자신을 과신하지 않았다. 오히려 그는 그 누구보다도 자기 자신을 알고 있었고, 스스로에게 비관적이고 자기혐오가 강했다.

동시에 죽음이 두렵다. 죽음이 어떤 것인지 알고 있기에, 죽음이 더욱 두렵다. 그럼에도 이성민은 물러서지 않았다. 간단한 이유였다.

책임감.

이 알량한 감정에 대해 이성민은 그럴듯한 포장을 할 수가 없었다.

왜냐하면, 이전까지 이성민이 살아오면서 이런 경우가 분명히 또 존재했었을 테니까.

이성민이 전생과는 다른 삶을 살았기에, 이성민에게 휘말려 본래의 흐름에서 어긋난 사람은 분명히 존재할 것이다.

이성민이 제나비스에서 성령단을 차지하였기 때문에 본래 성령단을 차지해야 할 노 클래스가 성령단을 갖지 못했다. 이성민이 고서점에서 무공서들을 먼저 찾아냈기에 그를 가져야 할 누군가가 갖지 못했다.

끝이 없다. 이성민이 살아온 8년 동안 수많은 사람이 이성민으로 인하여 다른 삶을 살게 되었을 것이다.

알 바냐.

그런 식으로 생각해서 끝이 없다는 것을 안다. 그를 외면하는 것이 모순이라는 것도 안다.

그게 무슨 대수냐.

김종현이 말했던 대로다. 결국은 자기만족이다. 이성민도 알고 있다. 지금 자신이 하는 행동이, 품은 생각이. 결국에는 모순 가득한 자기만족이라는 것을.

논리적으로 잘 설명할 수도 없고 그럴듯하게 잘 포장할 수도 없는, 단순히 '하고 싶기에' 하는 충동적인 행동에 지나지 않는다는 것을.

인정하니 오히려 후련했다. 지금 느끼고 있는 이 알량한 책임감을 직시한다.

검귀와 만나 이야기를 해보고 싶었다. 더 이상은 할 필요가 없다. 검귀의 행동이 전생과 달라진 것이 이성민 자기 자신의 존재 때문이라는 것을 알았다.

그로 인해 성하 도인이 죽었다.

그러니까.

그 책임을 져야 한다.

[검귀와 싸울 셈입니까? 미리 말해두는데. 나는 당신을 도울 수가 없습니다. 나는 전투에는 그리 능숙하지 않아서요.]

[시간을 끌 생각입니다.]

자세를 낮춘다. 검귀는 이성민이 창을 앞으로 세운 것을 물끄러미 보면서 손을 들어 허리춤의 검을 잡았다.

[화산의 도사들이 올 때까지 시간을 끌겠습니다.]

[뭐…… 그러시다면야. 힘내십쇼.]

김종현은 이성민을 말리지 않았다. 오히려 그는 이성민의 행동에 즐거움을 느끼고 있는 것 같았다.

그리고 검귀가 검을 뽑았다.

"걸어온 싸움을 피하지는 않아."

검귀가 중얼거렸다.

이성민은 앞으로 뛰었다.

인정에 기댈까.

그런 얄팍한 생각을 한 것은 아니었다.

므쉬의 산이라는 같은 장소를 공유하며 수행하였다고 해도, 이성민과 검귀 사이에 인연은 없다. 그 산에서 이성민이 인연을 맺었던 것은 백소고와 스칼렛뿐이었다.

이성민의 기억 속의 검귀는 언제나 절벽 쪽에 서 있었다.

두 눈이 보이지 않는 검객.

까마득한 낭떠러지를 보이지 않는 눈으로 내려다보고 있던 검귀는, 그 산에서 수행하는 그 누구보다 수행자라는 모습에 어울렸다. 그렇기에 이성민은 검귀에 대해 깊은 인상을 가지고 있었다.

버려야 했다.

어쩌면 이성민은 검귀를 동경했을지도 모른다. 그 누구보다 수행자스러운 모습을 하고 있던 검귀를.

그것을 버린다. 지금의 이성민을 움직이고 있는 것은 모순투성이의 책임감과 그로 인한 자기만족일 뿐이었다.

이성민의 손안에서 일직선의 창이 미쳐 날뛴다. 펼친 것은 구천무극창의 이초인 분뢰추살. 낭창이는 창영이 두 눈을 어지럽히면서 수십 개로 분영한 창이 필살의 위력을 담아 검귀를 덮친다.

검귀는 미친 듯이 흔들리는 창영에 현혹되지 않았다. 검귀가 오른손으로 쥔 것은 곧게 뻗은 검이다. 이성민이 쥐고 있는 창과는 길이에서 큰 차이를 가진 무기이나 그것은 검귀에게 불리함으로 작용하지 않았다.

카카카캉!

쇠와 쇠가 부딪히는 소리가 끊임없이 이어진다.

쉼 없이 움직이는 이성민의 양손은 일직선의 창으로 수십 개의 움직임을 만들어냈다.

검귀는 덮치는 창격에 조금도 물러서지 않고 마주 대응했다. 검과 창이 부딪힌다. 둘 사이의 거리는 좁혀지지 않는다.

검귀는 어떤 검법을 쓸까?

상대를 살필 여력은 없다. 이성민은 창의 움직임에 집중했다.

란나찰의 기본기가 구천무극창에 녹았다. 계속해서 쏘아지는 분뢰추살은 옆으로 파고들거나 찔러 오는 검귀의 검을 란과 나를 통해 걷어낸다.

어느 순간 이성민이 호흡을 한 번 삼켰을 때, 이성민의 창은 정지했고.

단 한 번, 이성민의 창이 앞으로 쏘아진다.

추혼일살은 섬전처럼 빨랐다. 하지만 검귀의 표정에 놀람은 없다. 검귀의 오른손 안에서 검이 빙글 돌더니 역수로 쥐어 위로 크게 쳐올린 검이 이성민의 창을 튕겨낸다.

검귀는 아무런 말도 하지 않았다. 해가 저물고 있었다. 이성민은 손아귀의 저릿함을 무시하고서 위로 들린 창을 아래로 내리찍었다.

창은 둔기가 되어 파고들던 검귀의 머리 위로 떨어졌다. 검귀의 발이 옆으로 미끄러진다. 우회하는 동시에 휘두른 검이 이성민의 허리를 노린다.

검이 이성민의 옆구리를 찢어놓으려는 순간, 이성민의 몸이 흐릿하게 변하더니 사라졌다. 무영탈혼의 일보무흔이 이형환위를 일으킨 것이다.

검귀는 당황하지 않는다. 그는 휘두른 검의 방향을 살짝 틀어냈다. 몇 걸음 떨어진 곳에 있던 이성민은 가슴을 찌르는 검귀의 검을 보고서 두 눈을 부릅떴다.

이성민은 창을 품 안으로 당기면서 비틀었다.

쩌어엉!

묵직한 소리와 함께 이성민의 몸이 뒤로 밀린다. 휘청거리며 뒤로 넘어가는 허리에 힘을 준다. 꽉 다문 이빨 사이로 피의 맛이 났다.

연이어 덮쳐오는 칼날을 향해.

구천무극창 삼초(三招), 복사백탐(伏蛇魄貪).

창이 흩어진다. 사라진다. 쏘아낸 창의 모습이 보이지 않는다. 펄럭거리던 창영이 두 눈을 덮는다.

현혹되었다고? 두 눈을 버려라. 감각으로 느껴라.

아래에서 위로, 검귀는 상체를 뒤로 젖혔다.

슈와악!

검귀의 코끝에서 피가 튀었다. 몸을 젖히는 것이 조금만 늦었다면 턱 아래부터 정수리까지 창으로 꿰뚫렸을 것이다.

"후하하!"

몇 걸음 뒤로 물러선 검귀가 크게 웃음을 터뜨렸다. 설마 아래에서 위로 창이 튀어 오를 것이라고는 생각하지 못했다.

아니, 단순히 그것만이 아니다. 아래로 내린 창을 위로 올려 찌른 것뿐이라면 검귀가 상처를 입었을 리가 없다.

그 단순한 동작 안에 얼마나 많은 변화가 있었는가. 검귀는 순수하게 감탄하며 머리를 끄덕거렸다.

"과연, 그 산의 무식한 꼬마가 이렇게 성장하였는가."

검귀는 그렇게 말하면서 손등으로 코끝의 상처를 훔쳤다. 기묘한 일이었다. 얕기는 했으나 분명 살갗이 베여 피가 흘렀는데. 검귀가 손등으로 코끝을 훔쳤을 때, 그곳에 상처는 존재하지 않았다.

"부럽구나."

검귀가 작은 목소리로 말했다. 그는 양손으로 검을 잡았다. 상체를 반쯤 숙이고 곧추세운 검을 횡으로 누인 검귀의 동작은 돌진을 준비하는 맹수처럼 보였다.

"너의 그 재능이 부러워."

콱 하고 얹혀 넘어가지 않는 말이었다.

[아.]

이성민의 머릿속에 김종현의 목소리가 스쳤다.

[과연. 왜 도망치지 않고, 굳이 이곳에서 싸우는가 싶었더니…….]

검귀가 달린다. 달리는 검귀의 속도는 이전과는 비교도 할 수 없이 빨랐다.

순식간에 검귀는 이성민의 시야 바깥으로 사라졌고, 이성민은 머리와 눈동자를 돌려 검귀를 좇는 것보다는 육감대로 움직였다.

파악!

왼쪽 어깨가 베였다.

시큰거리는 통증으로 그친 것을 다행이라 느끼며 이성민은 허리를 비틀었다. 일보무영으로 잔상을 그리면서 벗어난다.

"밤이다."

검귀가 내뱉는다. 어둠 속에서 미끄러지는 검귀의 안광은 피처럼 붉었다.

확 하고 덮쳐오는 몸놀림은 마치 어둠 속을 유영하듯이 자유로웠다. 그리고 사방에서 내리찍히는 검은 단두대의 칼날처럼 절대적인 죽음이었고, 그만한 무게를 싣고 있었다.

콰드득!

이성민의 손안에서 창이 부러졌다. 창간으로 검귀의 검을 막아내고자 했으나 버티는 것이 불가능했다.

[조심하십시오. 밤은 그의 시간입니다.]

김종현의 말에 대답할 여유가 없다. 이성민은 급히 허리춤의 아공간 포켓에서 새로운 창을 꺼냈다.

[그는 뱀파이어입니다.]

모르지는 않는다. 뱀파이어라는 인외(人外)는 그만큼 유명하다. 인간이 인간이 아니게 된 괴물. 해가 저문 밤에 더욱 강해지며 피를 마시지 않고서는 살아갈 수 없는 괴물.

어둠 속에서 휘청거리며 선 검귀의 두 눈이 붉다. 이성민은 숨을 몰아쉬면서 새로 쥔 창을 꽉 쥐었다.

어깨를 들썩거리며 웃던 검귀가 입을 벌렸다.

"이 모습이 추해 보이는가?"

벌린 입술 사이로 뾰족한 송곳니가 보인다. 뱀파이어는 유명하기는 하지만, 이성민이 뱀파이어를 보는 것은 이번이 처음이었다.

"……언제부터?"

"산을 내려온 후. 내가 가진 그릇에 절망했을 때였지. 나는…… 늙어가는 것이 싫었네. 나는 더 하고 싶은데, 더 검을 휘두르고 싶은데, 더 멀리 가고 싶은데. 내 육체는 이미 노쇠하여 더 가지 못한다고 가고자 하는 나를 붙잡아."

검귀는 그렇게 말하면서 하늘을 올려 보았다.

"50년 동안 검을 휘둘렀다. 나는 대단한 재능이 있다고 스스로 믿고 있었고, 언젠가는 천하제일이 되리라고 생각했어. 후후…… 후후후. 작았지. 나는 세상이 넓다는 것을 알지 못하는 철부지 등신이었어. 10년 전 벽을 맞닥뜨리고 그 벽을 넘을 방법도 찾지 못한 주제에 말이야."

그래서 뱀파이어가 되었는가.

"늙음을 극복해야만 했네. 하지만 내 작은 그릇으로 반로환동은 꿈도 꿀 수가 없었어. 더…… 더 많은 시간이 필요했지. 그래서 찾아다녔네. 시간을 극복할 수 있는 방법을. ……하지만…… 이런 몸뚱이가 되었지만. 아직 만족스럽지가 않아."

검귀가 붉은 눈을 치켜뜨고서 이성민을 보았다.

"인간이 아니게 되면서 시간을 얻었다. 하지만 내 몸은 아직 늙었지. 더…… 더 많은 피가 필요해."

[아무래도 검귀를 혈족으로 들인 뱀파이어는 그리 강력한 존재가 아닌 모양입니다. 아니면 검귀에게 관심이 없거나.]

[무슨 뜻입니까?]

[상위종의 피를 마셔 변이한다면 늙음조차도 극복할 수 있습니다. 인간을 포기하여 얻는 보상은 그만큼 달콤하죠. 하지만 검귀는 아직 늙은 몸뚱이를 가지고 있지 않습니까. 대단하지 않은 뱀파이어의 혈족이 되었거나, 아니면…… 충분한 피를 받지 못해 최소한의 변이를 했거나. 둘 중 하나겠지요.]

"아름다운 달이로군."

검귀가 말했다.

"성하 도인을 죽였을 때도 달빛이 아름다웠지……. 정말 멋진 밤이었어."

"……화산의 도사들이 어르신을 죽이러 올 겁니다."

"이미 돌아가기에는 늦었지. 산문을 넘어 성하 도인에게 싸움을 건 순간 이미 나는 돌아갈 수 없게 된 게야. 밤이라서…… 다행이군. 더 많이 날뛸 수 있게 되었어. 더 많은 피를 마실 수 있겠군. 얼마나 마시면 나는 젊음을 찾을 수 있을까."

검귀가 달을 보며 웃었다. 인성이 남아 있지 않은 광기. 아니, 바라는 것을 향해 달리는 맹목인가.

네 재능이 부럽구나.

검귀가 했던 말이 이성민의 머릿속을 맴돈다.

[검귀가 뱀파이어로서의 힘이 그리 강하지 않다고는 해도 초절정 고수이면서 뱀파이어라는 것은 굉장히 위험한 존재입니다. 특히나 오늘은 만월이군요. 천라지망은 실패입니다. 우선 검귀를 놓아주고 낮을 노려야 해요.]

"내가 두려운가?"

검귀가 이성민을 보며 물었다.

후우웅…….

검귀의 검에서 시뻘건 기류가 얽힌다. 이윽고 그것은 붉은 빛을 발하는 검강이 되었다.

[……검귀가 당신을 놓아줄 생각은 없어 보이는군요. 어쩔 수 없나. 조금만 더 버텨보십시오. 머지않아 화산의 도사들이 올 겁니다.]

어려운 이야기다. 만월의 덕을 보는 초절정 고수 뱀파이어. 초절정의 문턱을 간신히 보고 있는 이성민으로서는 상대하는 것이 불가능하다.

하지만 이성민은 도망치고 싶지 않았다. 이성민은 호흡을 고르면서 내공을 끌어올렸다. 단전에서 솟구친 내공이 이성민의 기혈을 돌고, 쥐고 있는 창에 자색의 기류가 얽혔다.

효율이 좋지 않다고. 남궁희원도, 지학도 그를 지적했었다. 어쩔 수 없는 일이었다. 심, 기, 체가 엉킨 이성민은 내공을 다루는 것에 그리 익숙하지 못하다.

하지만 초절정의 경지에 오르지 못했음에도 강기를 다룰

수 있다는 것은 이성민이 아이네와의 싸움에서 얻었던 심득이 진짜라는 증거이기도 했다.

"……놀랍군."

이성민의 창을 둘러싼 자색의 강기를 보며 검귀가 송곳니를 보이며 웃었다.

"자네와의 싸움이 즐거울 것 같아."

검이 춤을 춘다. 시뻘건 검강에 쌓인 검은 어둠을 가로지르는 귀신불처럼 요악했다.

그것은 미끄러지다가 사라지고 빛을 번지게 하며 두 눈을 어지럽혔고, 그러면서도 닿는 모든 것을 파괴하고 베어버리는 흉악스러운 위력까지 품고 있었다.

서로가 강기를 사용하기 시작한 순간부터 상처의 무게가 급격하게 달라진다.

이전의 교전에서 닿아 스친 상처가 살갗을 베어 피를 흘리게 하는 것이 고작이었다면, 강기를 펼친 순간부터는 스친 상처조차가 치명상이 된다. 강기라는 것은 그런 공격법이다. 공격 모두를 일격필살로 만들어낸다.

하지만 초절정 고수는 그런 강기에 대한 대비책을 갖는다.

'호신강기……!'

얇은 붉은 기운이 검귀의 몸을 감싸고 있다. 호신강기를 자유롭게 펼칠 수 있다는 것은 초절정 고수임을 증명한다. 심득만이 앞서 강기를 억지로 사용할 뿐인 이성민은 호신강기를 사용할 수가 없다.

그것이 이성민과 검귀 사이에 거대한 차이를 만들었다. 이성민은 검귀의 공격을 한 번이라도 받아낸다면 치명상을 입고 죽게 되겠지만, 검귀는 그렇지 않다.

하지만 그렇다고는 해도 이성민의 창법은 검귀를 상대로 충분히 위력을 발휘하고 있었다.

강기가 더해진 구천무극창은 이전과는 비교도 할 수 없는 위력을 보이면서 검귀의 움직임을 봉쇄했고, 검귀는 최소한의 움직임을 펼쳐 가며 이성민의 창법에 대응했다.

이성민의 창이 검귀를 압도해서?

아니다.

검귀는 즐기고 있었다. 포식자가 먹잇감을 가지고 노는 것처럼. 검귀는 이성민의 창법을 농락하면서 보이는 틈을 못 본 척 넘어가 주었다.

나누는 합이 늘어날수록 이성민은 그를 깨달았다.

검귀가 즐기고 있음을. 그리고 '나' 자신은 즐기고 있지 않다는 것을.

그건 굉장히.

'좆 같아.'

그런 기분이었다.

생각해 보면 참 재수도 없지.

소림에서 4년을 수행했다. 지학과 매일 비무를 하면서 무공이 상당히 안정되었다.

절정의 벽은 이미 돌파하여 초절정으로 향하고 있다. 이성민의 나이를 생각한다면 이만한 경지에 오른 무인은 흔치 않을 것이다.

굳이 꼽자면 남궁세가 같은 명문세가의 후계자나, 구파일방과 같은 거대 문파의 직계제자, 그들 중에서도 일부만이 이성민과 동등하거나 그보다 앞선 실력에 있을 것이다.

즉, 객관적으로 본다면 이성민은 결코 약하지 않다. 동년배 중에서는 손에 꼽힐 정도로 뛰어난 실력을 가지고 있다.

그럼에도 이성민이 열등감과 자괴감에 허덕거리는 것은 이성민을 주박하고 있는 전생의 기억 때문이다. 동시에 이성민이 맞닥뜨려 온 수많은 진짜배기 천재들 때문이었다.

그래서 재수가 없다. 좁은 세상에서, 작은 것들만 보고 살았다면 이런 자괴감과 열등감을 느끼지 않아도 되었을 텐데.

재수가 없어서 더 대단한 사람들을 수두룩 만나 버렸다.

사람이 쉽게 변할 수 없음을 알았다.

므쉬의 산에서 플람을 만났을 때, 므쉬의 시련을 극복하여 플람을 신경 쓰지 않게 되었을 때 이성민은 자기 자신의 열등감을 극복하였노라고 생각했다.

아니었다. 므쉬의 산은 작았고, 그 산에서 보고 품었던 이성민의 열등감 또한 작았다.

그 작은 세상에서 벗어나 큰 세상을 만나게 되었을 때, 이성민은 자기 자신이 열등감을 버렸다고 생각한 것이 착각임을 알게 되었다.

소림에서의 수행은 그 열등감을 완전히 버리는 것을 가르쳐 주었다.

그래서 '나'는 강해졌는가.

아니, '나'는 여전히 약하다.

열등감과 자기비하가 아니다. 이것은 이성민에게 있어서 그냥, 사실이었다.

나는 약하다. 검귀보다 약하다. 그렇기에 검귀가 성하 도인을 죽인 것에 대해 책임을 질 수가 없다. 전부 다 내가 약하기 때문이다.

약하고 싶지 않은데.

'정말로?'

창을 잡은 손의 감각이 낯설다.

'알아, 나는 약해.'

창간을 더듬는 손가락에 전해지는 감촉이.

'그래서 수행했어.'

앞으로 뻗는 오른발에, 지탱하는 발가락의 감각이.

'왜?'

떨어지는 검.

'약하게 남고 싶지 않아서.'

쏘아지는 창.

'부끄러워지고 싶지 않아서.'

검귀의 가슴이 창에 꿰뚫렸다.

이해가 늦다.

검귀는 몇 걸음 뒤로 물러섰다.

가슴을 꿰뚫고 들어온 창은 검귀의 등 뒤로 길게 나와 있었다.

검귀는 두 눈을 끔벅거리면서 자신의 가슴을 내려 보았다. 창간은 상처에서 뿜어진 피로 붉게 젖어 있었다.

시선은 조금 더 아래로.

손에 쥔 검은 힘없이 아래로 처져 있다. 붉은 검강이 어둠 속에서 흩어진다. 검귀는 뭐라고 말을 하기 위해 입을 열었으나, 나온 것은 목소리가 아닌 붉고 끈적한 피였다.

몇 번이나 피를 토한 검귀가 바르르 떨리는 눈으로 이성민을 보았다.

"어떻게?"

검귀가 물었다. 짧은 질문이었다. 그것은 이성민이 스스로에게 하는 질문이기도 했다.

'어떻게?'

어떻게 한 것이지?

모르겠다.

정신이 아득해지려는 순간 스스로와 이어간 문답.

나 자신이 약하다는 것을 안다. 그래서 수행했다.

왜 수행했는가?

약하게 남고 싶지 않았다. 부끄러워지고 싶지 않았다. 포기하고 싶지 않았다. 주저하고 싶지 않았다. 전생과는 다른 모습이 되고 싶었다.

그래서, 이곳에. 이성민이 있다. 전생과는 다른 경험을 하고, 다른 생각을 하여, 지금의 이성민이 있게 되었다.

이건 심득일까.

마음의 바람이 육체를 움직이게 하였는가.

알 수 없다. 이러한 심득을 겪어본 경험은 많지 않았다. 아이네와의 싸움에서 강기를 발현했을 때에는, 이보다 조금 더…… 확실한, 그런 감각이 있었다.

하지만 지금은 아니었다. 소가 뒷걸음질을 쳐서 쥐를 잡은 것처럼 의식이 아닌 무의식의 행동이 의도하지 않은 일초가 검귀의 공격을 꿰뚫고 그의 몸을 꿰뚫었다.

불과 몇 초 전의 기억이다. 검귀의 검은 이성민의 창보다 빨랐다.

검귀의 검은 이성민의 창보다 짧았다. 그럼에도 거리의 우위를 살리지 못하고 검귀의 접근을 허용했다.

결국에는 검귀의 검을 막지 못하여 그대로 진행되었다가는 검귀의 검에 몸이 두 동강 났을 것이다.

하지만 결과는 이렇다. 이성민의 창이 검귀의 검을 꿰뚫었다. 그 일련의 과정을 이성민은 이해할 수가 없었다.

'대체 무엇을 한 거지?'

"커흡!"

검귀가 피를 토했다. 그는 이를 악물고서 검을 휘둘렀다. 힘없이 휘두른 검은 이성민을 노리기에는 무디고 늦었으나, 가슴을 꿰뚫고 있던 창을 잘라내기에는 충분히 예리했다.

몇 걸음 더 물러선 검귀는 꽉 다문 입술 사이로 피를 줄줄 흘리면서 가슴을 꿰뚫은 창을 붙잡았다.

"자네는…… 대체…… 무엇을……?"

검귀가 더듬거리며 묻는다. 서로가 지금의 상황에 대해 제대로 이해하지 못하고 있었다.

검귀는 호신강기를 두르고 있었다. 본래라면 이성민의 공격이 검귀의 검보다 빨랐다고 하여도, 호신강기에 가로막혔어야 한다. 그것이 옳다. 당연히 그래야만 했다.

그런데 그것이 뚫렸다.

어째서?

“크으윽……!”

분명한 것은 이것이다. 검귀는 치명상을 입었다.

아무리 만월의 밤에 뱀파이어의 불사력이 드높아진다고 하나, 검귀는 뱀파이어의 격을 따지자면 그리 높지 않았다. 검귀가 강력했던 것은 그가 뱀파이어 이전에 초절의 고수였기 때문이다.

그것이 전부가 아니다. 검귀는 이전까지 흡혈을 제대로 해오지 않았다. 그가 원하고자 했던 것은 늙지 않는 육체였고, 뱀파이어가 됨으로써 그것은 얻었다.

전성기 때의 육체. 젊은 육체를 원하기는 하였으나, 인간이 인간의 피를 탐한다는 것은 이전까지 인간으로 살아왔던 검귀가 범하기에는 힘든 배덕이었다.

하지만 이곳까지 오면서 검귀는 그 인간성을 스스로 베어냈다.

살고 싶었다. 더, 더 멀리 가고 싶었다.

화산의 산문을 넘어 성하 도인을 죽였을 때. 검귀는 마음속에 남아 있던 최소한의 인성을 베어냈다. 그래서 죽인 시체의 피를 빨아 마시면서 이곳까지 왔다.

제법 많은 피를 마시기는 하였지만, 뱀파이어로서의 격을 끌어올리기에는 한참이나 부족했다.

가슴을 꿰뚫은 중상. 인간이라면 이미 죽어버렸을 상처다. 그럼에도 버티고 있는 것은 오늘이 만월이기 때문이었다.

하지만 길지 않다.

길 수가 없었다. 단순한 관통상이 아니다. 이성민의 창에는 강기가 실려 있었다. 몸을 꿰뚫은 강기는 검귀의 기혈을 파괴하여 내력을 진탕시켰고, 죽음에 이르러야 옳을 치명상은 뱀파이어의 생명력으로 버텨낸다.

그것이 꺼져 간다. 상처는 재생되지 않는다. 무리하여 창을 뽑아냈으나 뻥 뚫린 상처는 계속해서 피를 토해낸다. 검귀는 덜덜 떨리는 손으로 상처를 지혈하고자 혈도를 누르려 했으나,

"후…… 후하하…… 하하하……!"

결국에는 웃고 말았다. 컥컥거리며 피를 토하던 검귀는 손을 들어 입을 틀어막았다.

목구멍으로 올라오는 피를 계속해서 삼킨다. 멈췄던 손을 다시 움직인다. 떨리는 손이 결국에는 혈도를 짚어 피를 강제로 멈추게 만들었다.

"돌부리에 채여…… 넘어지는 기분이구나."

검귀가 창백한 얼굴로 중얼거렸다. 그의 눈동자가 가진 붉음이 옅게 변해 있었다.

"그래…… 그런 기분이야. 분명히, 나는 앞으로 달리고 있

었는데…… 더…… 더 멀리 갈 수 있었는데. 넘어져 버렸어. 신경 쓰지 않았던 돌부리에 발이 걸려서…….”

검귀가 피에 젖은 입술을 일그러뜨리면서 쿡쿡 웃었다. 비틀거리며 걷던 검귀는 내려놓았던 검을 다시 들었다.

“하지만…… 후…… 흐흐흐…… 이해를 벗어난…… 무(武)였다. 자네의 수준으로는 절대로 펼칠 수 없는…… 그런 무였어. 자네의 창은…… 아아. 내가 방금 전에 본, 나의 몸을 꿰뚫은 자네의 창은. 성하 도인의 검보다 빨랐고 성하 도인의 검보다 강했고, 성하 도인의 검보다 고요했다……. 아아…….”

검귀의 눈에서 붉음이 완전히 사라졌다. 검은색으로 돌아온 눈동자는 뱀파이어의 눈이 아닌 인간의 눈이었다. 동시에 검귀의 몸에서 새하얀 기류가 솟구쳤다.

“더…… 보여다오.”

검귀가 끓는 목소리로 내뱉었다.

“내가 절대로 도달할 수 없어 보이던 그 굉장함을, 다시 나에게 보여다오.”

검귀는 진원진기를 격발시켰다. 검귀는 이곳에서 살아 도망치는 것을 포기했다. 어차피 이 상처를 회복시키는 것은 불가능하다.

몇십 명의 피를 마시지 않는 한 목숨을 구제하는 것은 힘들 것이며, 지금의 몸 상태로 몇십 명을 더 죽이는 것은 불가능한 일이다.

그렇기에 검귀는 검을 쥐었다. 그러면서 앞으로 나선다. 전신이 무겁다. 뱀파이어가 되어 인간이 아니게 된 후로 느끼지 못했던 늙음의 무게가, 그보다 더한 무게가 되어 검귀의 몸을 짓눌렀다.

아니, 이것은 늙음의 무게가 아니었다. 죽음의 무게였다. 동시에 보고자 했으나 볼 수가 없게 된 이상(理想)의 무게였다.

"나에게, 너를 보여다오."

그럼에도 검귀는 체념한 표정이 아니었다. 그는 오히려 이성민이 보았던 그 어떤 순간보다도 환한 열망을 담은 눈으로 이성민을 보고 있었다.

모르겠다.

[싸울 필요는 없습니다. 검귀는 잠력을 격발시켜 자신의 생명을 불태우고 있습니다. 가만히 두어도 알아서 자멸할 겁니다.]

모르겠다.

[하하, 그건 그렇고…… 굉장하군요. 이성민 님이 설마 검귀를 상대로 승리할 줄이야! 설마 이 싸움을 통해서 무공에 큰 진보를 거둔 것입니까?]

모르겠다.

검귀가 다가온다. 이성민은 썩둑 잘린 자신의 창을 내려 보았다.

떨그렁.

이성민은 창을 떨어뜨렸다. 그리고 새로운 창을 꺼내 쥐었다.

모르겠다. 정말로 모르겠다. 아무것도 모르겠다. 방금 '내'가 어떻게 한 것인지 도저히 모르겠다.

대체 어떻게 검귀를 꿰뚫었는가. 검귀가 말하는, 이해를 벗어난 무라는 것을 이성민 본인은 이해할 수가 없었다.

그럼에도 그는 물러설 수가 없었다. 도망치고 싶지 않았기 때문이다. 부끄러워지고 싶지 않았기 때문이다.

검귀가 이성민을 본다. 검귀의 두 눈은 이성민에게 많은 것을 묻고 싶었다.

그 질문에 대답해 줄 자신이 없다. 뭐라고 대답해 줘야 할지 모르겠다. 하지만 이성민은 검귀의 눈을 피하지 않았다.

아.

당신은 사법을 사용하는 지저분하고 위험한 자가 아니다. 스스로의 한계를 절감하여 포기하여 눈을 돌린 도망자도 아니다. 어떤 수단을 사용해도 좋으니 그를 극복하고자 했을 뿐이다.

나와는 다르다.

당신은 나를 부럽다고 말했다. 나의 젊음에, 재능에 대해 그런 말을 하였다.

거짓이다. 나의 젊음도 재능도 거짓이다.

나는 일그러져 있던 도망자이며, 열등감을 극복한 척 행동했을 뿐인 위선자이며, 나 자신만을 위하는 이기심과 모순에 가득 찬 자기만족을 품었을 뿐인 그런 약하고, 작은 인간이다.

창과 검이 부딪힌다. 진원진기를 격발시킨 검귀의 검강은 이전보다 눈 부신 빛을 발했다.

하지만 느리다. 죽어가는 육체는 검귀가 바라는 검로를 그리지 못한다.

그런 검귀를 향해 이성민은 가혹하다 싶을 정도로 매섭게 구천무극창을 펼쳤다.

그는 최선을 다했다. 검귀를 죽이기 위해, 검귀에게 만족을 주기 위해.

마음에 들지 않은 승리다.

돌부리에 걸려 넘어진 기분이라고. 검귀는 그렇게 말했었다.

이성민도 그에 대해서 공감했다. 검귀가 도달한 무에 있어서 이성민의 존재는 돌부리 정도의 가치밖에 지니지 못했을 것이다.

이성민의 창이 검귀를 꿰뚫을 수 있었던 것은 요행에 지나지 않는다.

안다. 알아서…… 싫다. 하지만 도망쳐서는 안 된다. 이 승리를 자랑스럽게 여기지는 않더라도 이 승리를 부정해서는 안 된다.

검귀는 오늘 이곳에서 죽는다. 위지호연에게 죽어야 할 검귀가 이곳에서 죽는다.

죽지 않아야 할 성하 도인이 검귀에게 죽었다. 이성민이 없었더라면 이런 일은 일어나지 않았겠지. 모순에 가득 찬 자기만족으로, 그런 책임감을 느끼면서.

나는 당신의 죽음에도 책임을 져야 한다. 당신이 보고자 했던 것이 어디에 있는 것인지는 모른다. 나의 걸음으로 당신이 보고자 했던 이상의 끝에 닿을 수 있으리라는 확신은 없다.

그럼에도 나는 해야만 한다. 검귀의 눈을 본다. 열망만이 가득한, 죽음에 가까워지는 그 눈을. 인간임을 포기하면서까지 향하고 싶었던, 그 집념이 꺼져 가는 눈을.

나는 그 눈을 가진 자를 죽이는 것이다.

"하."

검귀의 검이 아래로 떨어진다. 이성민의 창은 검귀의 복부에 박혀 있었다. 검귀는 배에 박힌 창을 내려 보면서 허탈한 표정을 지었다.

이성민은 숨을 몰아쉬면서 검귀의 눈을 바라보았다. 몇십 초의 공방은 결국 이성민의 승리로 이어졌다.

진원진기까지 격발시킨 검귀는 빠르게 죽어가고 있었으나, 그럼에도 쉬운 승리는 아니었다.

"자네는……."

검귀가 비틀거리며 무릎을 꿇었다.

"마지막에…… 나를 기만하는군……."

이성민의 손이 굳었다.

"자네의 창은…… 아…… 나를 죽인 자네의 창은…… 이보다 더…… 훌륭했어야 해. 더 빠르고…… 성하 도인보다 더……."

중얼거리는 말은

"왜 내가 이곳에……."

저주였다. 한탄이었다.

이성민은 창을 놓았다. 몇 걸음 뒤로 물러선 이성민은 착잡한 표정을 지으며 검귀를 보았다.

이렇게 될 것임을 알았다. 검귀를 꿰뚫었던 이성민이 공격은, 지금의 이성민에게 불가능한 공격이었다.

순간에 얻게 된 심득이 무의식의 영역에서 육체를 움직여 역량을 뛰어넘은 공격을 행한 것이다.

이성민이 그 수준에 도달하기 위해서는, 그 순간에 얻은 심득을 몇 번이고 회고하면서 정련해야 할 것이다.

"……미안합니다."

이성민은 자그마한 목소리로 사과했다. 검귀의 최후에 만족감을 주지 못했다.

차라리 검귀와 싸우지 않았더라면, 시간을 끌어 검귀가 자멸하게 두었더라면…… 적어도 저 무인이 마지막에 한탄과 저주를 쏟지 않게끔은 만들 수 있지 않았을까.

“나는…… 어르신이 생각한 것만큼 그리 대단한 사람이 아니었습니다.”

멋대로 기대받았다. 그 기대에 부응하고자 노력했다. 최선은…… 다했다고 생각한다. 다만 부족했을 뿐이다. 나 자신이 너무 약하기에.

“나는…… 더…….”

검귀가 입술을 달싹거리며 소리를 낸다. 그 말이 마지막이었다.

남긴 것은 한탄과 저주.

검귀는 이성민에게 만족하지 못했다. 죽는 순간까지 이성민은 검귀에게 있어서 갑작스러운 돌부리에 지나지 않았던 것이다.

이성민은 다리에 힘이 풀려 그 자리에서 주저앉았다.

“난…….”

몸이 떨린다. 나의 약함이, 나의 부족함이. 이곳에 있는 것이 내가 아닌 다른 사람이었다면?

위지호연이었다면, 지학이었다면, 남궁희원이었다면! 그들은 검귀를 만족시켜 줄 수 있었을까? 저 무인이 최후의 순간에 저주와 한탄을 흘리지 않게끔 해줄 수 있지 않았을까.

"사제."

울부짖고 싶었다. 그런 기분이었다. 하지만 참았다. 스스로의 나약함에 분노하면서도 울고 싶지는 않았다.

이 순간 울어버린다면 마음속의 중요한 무언가가 박살 날 것 같은 기분이었다.

"많이 컸구나."

목소리가 가까웠다.

그녀에게서는 꽃향기가 났다.

6장
프롤로그

이성민은 고개를 들었다.

멀지 않은 곳에 서 있는 그녀는, 묵섬광 백소고는.

한아름의 꽃을 품 안 가득히 안고 있었다. 나이에 맞지 않아 보이는 새하얀 백발은 바람에 흩날렸고, 그녀가 걸친 도복은 므쉬의 산에서 보았던 낡은 옷과는 다르게 깔끔했다.

"……사저……?"

이성민은 놀라서 백소고를 불렀다. 이성민의 부름에 백소고는 아무런 말도 하지 않고서 이성민의 얼굴을 바라보았다.

잠깐 동안 시선만을 보내던 백소고가 앞으로 걸었다. 자그마한 발소리와 함께 다가오는 백소고의 표정은, 그녀의 걸음걸음마다 우울하게 젖어갔다.

"어째서…… 사저가 이곳에?"

"소문을 들었거든."

백소고가 작은 목소리로 말했다. 그녀는 이성민을 보던 눈을 돌려 쓰러져 있는 검귀의 시체를 보았다.

아무리 검귀가 뱀파이어라고는 해도 진원진기를 격발시키고 죽음에 이를 치명상을 연거푸 입은 상태에서 회생하는 것은 불가능했다.

검귀는 죽었다.

백소고의 걸음은 검귀의 시체 앞에서 멈췄다.

"……바보 같다고…… 탄식해야 하는 것일까?"

백소고의 말은 의문이었다. 하지만 그 말은 이성민에게 향하는 것이라기보다는 백소고 본인에게 하는 질문처럼 들렸다.

이성민은 아무런 말도 하지 못하고 창을 내려놓았다.

"……사제, 오랜만이야. 5년 만…… 이지? 설마 사제와 이런 장소에서, 이런 이유로 다시 만나게 될 것이라고는 생각하지 못했었어."

백소고가 우울한 눈으로 이성민을 본다. 백소고와의 재회를 생각하지 못했던 것은 이성민도 마찬가지였다.

"사제는 강해졌구나."

백소고가 머리를 끄덕거리며 말했다.

"이런 말은…… 사제에게 조금 잔혹하게 들릴지도 모르겠지만. 나는 아까부터 사제와 검귀 어르신의 싸움을 보고 있었어. 사제가 검귀 어르신에게 밀려 위기에 처하는 것도 보고 있었지."

"제가 왜 그를 잔혹하다 느낄지도 모른다고 하시는 겁니까."

"그대로 싸웠다가는 사제가 검귀 어르신에게 살해되었을 거야."

"살해되지 않았습니다."

"나는 그를 방조하고 있었어."

백소고가 작은 목소리로 중얼거렸다.

"끼어들어서는 안 된다고 생각했어. 사제와 검귀 어르신의 역량 차이는 분명했지만, 그럼에도…… 나는 끼어들 수가 없었어. 내가 끼어들어 둘을 방해한다면, 사제와 검귀 어르신의 싸움을 모욕하는 것이라 생각했으니까."

"비난할 마음은 없습니다."

백소고의 마음을 모르는 것은 아니다. 백소고 역시 무인이다. 무림에서 태어나 살아오고, 에리아에 소환된 그녀는 이런 류의 문제에 있어서는 고지식한 면이 강했다.

백소고는 자신의 방조로 인해 돌이킬 수 없는 사태가 발생한다고 하여도, 그에 대해 슬퍼할망정 자신의 행동에는 후회하지 않는 부류의 인간이었다.

"나는 죽지 않았으니까."

죽었어야 하는 것이 옳지 않았는가.

이성민은 잠깐 그런 생각을 했다. 하지만 그런 생각은 곧바로 지워낸다.

백소고는 이성민의 얼굴을 바라보다가 천천히 입꼬리를 올려 웃었다.

"……그래서…… 다행이라고 생각해. 사제가 이곳에서 죽었더라면, 나는 사제의 죽음을 막지 않았겠지만…… 그 이후에 굉장히 슬퍼했을 거야."

"내 원수는 갚아주셨을 겁니까?"

이성민은 자신도 모르게 그에 대해 물었다. 짓궂은 질문이라고는 생각했지만 이미 뱉은 말은 이성민의 입술 밖을 나간 후였다. 묻고 나서 아차 싶긴 하였지만, 의외로 백소고는 그리 당황한 표정을 짓지 않았다. 오히려 그녀는 머리를 끄덕거렸다.

"사제의 원수를 위해서가 아니더라도 나는 검귀 어르신을…… 막기 위해 이곳에 온 거야."

백소고는 그렇게 말하며 몸을 숙였다. 그녀는 품에 안고 있던 꽃을 검귀의 가슴 위에 올려놓았다.

"검귀 어르신은 옳지 않았어."

"……무엇이 옳지 않았다는 겁니까?"

그 말에 이성민은 그렇게 내뱉을 수밖에 없었다.

검귀는 옳지 않다. 지저분하다. 위험하다.

성하 도인이 했던 말과 검귀 스스로 자신이 '그렇게' 될 수 밖에 없었음을 말하던 것이 뒤엉키고 있었다.

"검귀 어르신이 무도가 아닌 사도를 택한 것이 옳지 않았다는 겁니까."

"무고한 사람을 해한 것이 옳지 않았다는 거야, 사제."

백소고는 머리를 흔들면서 몸을 일으켰다.

"검귀 어르신이 어떤 고충을 가지고 있었는지 나는 몰라. 검귀 어르신이 왜 이런 일을 벌였는지도 몰라. 나는…… 단지 검귀 어르신이 화산 장문인인 성하 도인을 살해했고, 그를 통해 화산의 추격을 받게 되면서. 추격하던 화산의 도사들을 살해하였다는 이야기만 듣고 이곳에 왔으니까."

"……그것이 옳지 않았다?"

"사제."

5년 만의 만남이다.

이성민은 백소고와 헤어진 후부터, 몇 번이나 백소고와 다시 만나게 되는 순간을 상상해 보았었다.

14살의 나이로 회귀한 이성민이 지금까지 살아오면서, 백소고는 위지호연과 마찬가지로 이성민에게 가장 많은 영향을 끼친 인물 중 하나였다.

이성민은 위지호연에게서 무공을 배웠다. 동시에 스스로의 나약함을 배웠다. 그러면서 진짜 천재를 두고 느끼게 되는 열등감을 알았다.

백소고에게서는 타인과 교류하는 것을 배웠다. 인간은 절대로 혼자서 살아갈 수 없음을 배웠다.

그 후에는 지학과 불영대사를 통해 '나' 자신의 모순과 부족함에 대해 알았다.

이성민에게 있어서 백소고는 크나큰 비중을 차지하는 인물이다.

그렇기에 백소고가 죽는 것을 두고 볼 수가 없었던 것이다. 그래서 수행했다. 어떻게든 백소고의 죽음을 막고 싶어서.

다시 만나게 된다면, '나'는 그녀에게 무엇을 말하고 싶었던 것일까.

"누구에게나 지향하는 정의가 있는 법이야."

백소고가 한숨을 쉬며 말했다.

"나의 정의와 사제의 정의는 다를지도 몰라. 내가 가진 정의라는 것은 나라는 인간이 어찌 행동하는지를 결정하는 척도지. 사제가 어떤 마음으로, 어떤 정의를 가지고서 이곳에 와 검귀 어르신을 가로막았는지 나는 몰라. 사제가 검귀 어르신에게 어떤 감정을 품었는지도 모르고. 마찬가지로, 사제는 내가 왜 이곳에 왔는지, 내가 검귀 어르신에게 어떤 감정을 품었는지를 알지 못할 거야."

"나는…… 책임감을 느꼈습니다."

"사제는 성장했구나."

백소고가 낮은 웃음을 흘리면서 머리를 끄덕거렸다. 비꼬는 말이 아닌, 진심으로 하는 말이었다.

"므쉬의 산에서 보았을 때, 사제는 언제나 무리하고 있다는 느낌이었어. 맞지 않는 옷을 입고서 그 옷에 어울리도록 흉내를 내고, 자기 자신을 속인다는 느낌이었지. 하지만 지금은…… 조금 달라진 것 같아. 사제는 자기 자신에게 솔직해졌구나."

"……검귀 어르신을 막기 위해 오셨다고 하였죠. 괜찮다면 사저가 그리 생각한 이유를 말해주실 수 있습니까?"

"나는 무림맹에 소속되어 있어."

백소고가 대답했다.

"무림맹이 내가 가진 정의를 관철하기에 가장 걸맞은 단체라고 생각했고, 실제로 그랬거든. 덕분에 검귀 어르신의 행보에 대해서도 빠르게 정보를 접할 수 있었고. 검귀 어르신과는…… 산에서 맺은 인연이 있었으니까. 적어도 그 최후는 내 손으로 전해드리고 싶었지. 사제가 이곳에 있을 줄은 몰랐지만 말이야."

"……사저."

이성민은 머뭇거리다가 백소고를 불렀다.

"사저가 본 나는…… 어땠습니까?"

"많은 것이 변했어."

백소고가 대답했다. 그녀는 검귀의 시체를 한 번 더 내려 보았다.

"사제의 무공은 므쉬의 산에 있을 때보다 몇 걸음이나 앞섰구나. 그때의 사제는 자기 자신에게 너무나도 비관적이고 가혹했었지. 그에 대한 보답을 받은 것 같아서, 나는 기뻐."

아니다.

"사제, 미안하지만 그리 길게 이야기는 나누지 못할 것 같아. 해야 할 일을 내팽개치고 급하게 이곳에 온 것이거든. 일이 정리되었으니…… 나도 돌아가야 해."

"……사저."

이성민은 콱 막혀 나오지 않으려는 목소리를 간신히 꺼냈다.

"사저가 맡고 있는 임무가 무엇인지. 저에게 알려주실 수 있습니까?"

[지금 나는 위지호연을 쫓고 있어.]

백소고가 전음으로 대답했다.

[자세한 이야기는 해줄 수가 없어. 다음에…… 다음에 다시 만나자, 사제. 나도 바빠 그 날을 기약할 수는 없지만. 우리는 언젠가 다시 만날 수 있을 거야.]

백소고는 그 말을 남기고서 훌쩍 뛰어 사라졌다.

백소고가 남긴 꽃의 잔향은 검귀의 시체에 남았다. 백소고와 더 많은 이야기를 하고 싶었다. 하지만 지금의 이성민은 백소고를 붙잡을 만한 이유를 갖고 있지 못했다.

'위지호연을 쫓고 있다고……?'

전생의 정보가 뒤엉킨다. 백소고와 함께 던전에 들어갈 검귀는 이곳에서, 이성민에게 죽었다.

검귀가 뱀파이어가 되는 것에는 이성민의 개입이 존재하지 않는다. 전생에 위지호연에게 죽은 검귀도 뱀파이어였을 것이다.

그렇다면 백소고는? 백소고가 위지호연과 함께 던전에 들어가 그녀에게 죽임을 당하는 것은 백소고가 무림맹의 명령으로 위지호연을 쫓고 있기 때문인가?

만약 그것이 사실이라면 이성민은 백소고를 설득할 수가 없다.

그에 대해서는 백소고 본인이 직접 말하지 않았던가. 누구나 가지고 있는 정의와 가치관은 다른 것이라고.

백소고에게 있어서 그것은 흔들리지 않는 신념과도 같다.

이성민에게 그런 신념은 없다. 백소고와 같은, 흔들리지 않는, 자기 자신이 가지고 있는 것에 대한 절대적인 믿음이 없다.

그렇기에 이성민은 떠나가는 백소고를 잡을 수가 없었다.

그렇다고는 해도 확실하게 알았다. 무엇을 해야 할지. '나'에게 부족한 것이 무엇인지.

'내'가 무엇에 도망쳤으며, 어떻게 살았으며, 죽음에서 돌아왔다는 것이 중요한 것은 아니었다. 몇십 년의 인생을 이미 살아왔다는 것이 중요한 것이 아니었다.

버려야 한다.

이미 버린 것이다.

14살로 돌아오면서 이성민은 과거를 품었다.

용병으로서 살아온 경험을, 그로 인해 형성된 인격을. 그 자기비하와 열등감에 찌들어 있던 삼류, 아니, 이류 시절의 인생을 '나' 자신으로 삼았다.

작디작은 나였다. 하찮은 과거의 나였다. 그리 살면서 형성된 인격은 편협하였고, 절대적이라고 여겼던 세상은 작았다. 이성민이 동경하고 되고 싶었던 제온은 그리 대단한 존재가 아니었다.

세상은 넓었다. 그를 계속해서 알았다. 알아가면서 과거의 나가 사라졌다. 그렇게 해야만 했다. 버려야 했다. 열등감, 자기비하, 그 외의 모든 것. '용병'으로 살았던 이성민을.

지금의 '나'는 용병이었을 때의 '나'가 아닌 새로운 나가 되어야만 했다.

언제부터였을까.

언제부터 버리려 했을까.

언제부터 나는 13년간 용병으로 살다가 죽은 이성민이 아닌, 14살에 에리아에 소환된 '내'가 되었을까.

세상이 넓다는 것을 처음으로 자각했을 때, 내가 바뀌어야 한다고 생각했을 때.

그렇게 거슬러 올라 결국 그 끝에는 위지호연이 있었다.

만나고 싶다고, 그런 생각을 했다.

"요즘 소란스러워."

나흘 만에 만난 데니르는 심드렁한 얼굴이었다. 언제 다시 찾아오겠다고 미리 약속을 해둔 것은 아니었지만, 데니르는 시답잖은 장난을 부리지 않고 바로 문을 열어 이성민을 맞이해 주었다.

"네가 검귀를 죽였다지. 참 신기하단 말이야. 검귀는 너보다 강했어. 네가 열 명이 있어도 검귀를 죽일 수는 없었을 거야."

나흘이라는 시간 동안 이성민은 많은 생각을 했다. 흐름을 어그러뜨리는 나. 모순 가득한 책임감과 자기만족에 찌들었던 나.

검귀와 싸우고, 검귀를 죽이면서 나는 무엇을 느꼈나.

최후에 느낀 것은 죄책감이었다. 검귀를 죽였기에 느끼는 죄책감이 아니었다. 검귀의 기대를 배신해 버렸기에 느낀 죄책감이었다. 내가 약하기에 느꼈던 죄책감.

"그래서, 나흘 만에 너는 무슨 말을 해주려고 나를 다시 찾아온 것이지? 또 시답잖은 일상 이야기나 하고 싶은 것이냐? 너는 이야기 상대로 그리 즐거운 친구는 아니었는데. 아마 나도 그러겠지만."

"시련을 받고 싶습니다."

나흘 동안 이성민은 거의 잠을 자지 못했다. 볼은 움푹 파였고 눈 밑은 검게 물들었다.

화산파는 검귀를 혼자서 죽인 이성민을 향해 젊은 영웅이 탄생하였다고 탄사를 보냈다.

이 일에 개입했던 정보 길드들은 이성민이 성하 도인을 죽인 검귀를, 그것도 뱀파이어인 검귀를 만월의 밤 아래에서 죽였노라고 소문을 퍼뜨렸다.

"어리석군."

데니르가 입을 열었다.

"내 시련은 므쉬의 시련처럼 자비롭지 않아. 그에 대해서는 이미 너에게 말했을 터다. 열 명. 천재적인 자질을 가진 열 명이 나의 시련에 도전했고, 세 명만이 살아…….”

“내놔.”

이성민이 데니르의 말을 끊었다. 데니르는 입술을 꾹 다물고 이성민의 얼굴을 노려보았다.

광적인 집념이 타오르는 두 눈을 보며 데니르는 헛웃음을 흘렸다.

“개새끼, 주제도 모르고 죽고 싶어 하는구나.”

데니르는 그렇게 중얼거리며 몸을 일으켰다.

“명심해라. 이 죽음은 자비롭지도 않고 조용하지도 않아. 장담하건대, 이 시련을 통해 네가 느끼게 될 고통은 네가 여태까지 살아오면서 느낀 그 어떤 고통과도 다를 거다.”

“겪는 것은 나야.”

이성민은 이를 악물고서 대답했다.

“그러니 내놓으란 말이다.”

“오냐!”

데니르가 고함을 질렀다.

그가 손을 들어 올리자 주변의 풍경이 뒤집어졌다. 뒤집힌 모든 것이 흩어지고, 이성민은 새하얀 공간에 서게 되었다.

“이곳은 의식의 세계다.”

데니르가 내뱉었다.

“이곳에서의 수련은 현실의 네 몸뚱이에 그 어떤 영향도 주지 못한다. 의식만을 끝없이 단련하는 곳이지. 이곳은 너희 이계인들이 자랑하는 상태창과 스킬의 효과도 볼 수가 없어. 무슨 말인지 알겠나? 너는 순수하게, 너 자신의 기억과 재능만으로 이 세계에서 단련해야 해."

이성민은 주변을 천천히 둘러보았다. 아무것도 없었다.

"먹고 마시고 자고 쌀 필요도 없는 곳이지. 네가 이 세계에서 몇 년을 보내건 간에 현실의 네 몸뚱이에 흐르는 시간은 1초도 되지 않아. 육체를 벗어나 네 의식만이 이 공간에 있고, 의식이 느끼는 시간은 끝없이 늘어진다. 이곳에서 일억 년을 보낸다고 한들 현실의 시간은 조금밖에 흐르지 않으니까."

데니르가 말한 '가혹하다'의 의미가 무엇인지 알 것만 같았다. 데니르는 이성민의 앞에 자그마한 모래시계를 내려놓았다.

"이 모래시계의 모래가 모두 떨어질 때. 너는 이 세계에서 100년을 보낸 것이 된다."

"……그 뒤에는?"

"네가 선택해라. 이 세계에서 나올지, 아니면 다시 100년을 더 보낼지. 모두 떨어진 모래시계를 다시 뒤집으면, 이번에는 200년이 이어진다. 그다음은 300년."

끔찍한 시련이었다. 의식의 세계. 100년을 주기로 이 세계에서 탈출할 것인지, 아니면 살아갈 것인지를 선택할 수 있다.

그렇게 해서 아무리 무공을 단련한다고 해도, 상태창과 스킬의 도움을 보지 못하는 이상 무공의 성취를 확인하거나 무공을 쉽게 사용하는 것은 불가능하다.

100년을 버틴다고 해도 현실의 몸뚱이에 의식 세계에서의 수행이 반영되는 것은 아니다. 단지…… 기억만을 가지고 있을 뿐이다.

"먹고 마실 필요가 없는 곳이라고는 해도, 선택은 네 몫이야. 이 세계의 주인은 너다. 무엇이든지 가능하지. 너 자신은 그대로겠지만 말이야. 그것은 네가 앞으로 이 세계에서 살아가면서 이해해 보도록 해라."

데니르는 그렇게 말하면서 모래시계를 발로 툭 건드렸다.

"이곳에서 보내는 100년, 혹은 그 이상의 시간에서 무엇을 얻을지는 전적으로 너에게 달려 있다. 그 얻어낸 것을 현실의 몸뚱이에 반영하는 것도 너에게 달려 있지. 몇 가지 더 알려줄까? 열 명 중에서 실패한 일곱 명은 미쳤다. 이 세계에서, 아무 일도 일어나지 않는 100년을 살아가면서. 그 100년 동안 그 누구와도 만나지 못하고 기계처럼 수행만 하면서, 그로 인해 무언가를 얻을 것이라는 확신도 얻지 못하면서…… 절망에 미쳐 죽어버렸지. 그건 꽤 즐거운 광경이야."

데니르가 웃는다.

"처음 100년은 어지간하면 해내. 그리고 자신감을 얻어 시계를 뒤집지. 그리고 200년…… 그 도중부터 미치기 시작해."

데니르는 웃는 소리를 남기며 몸을 돌렸다.

"너는 과연 몇 년을 버틸까?"

데니르의 모습이 사라졌다. 이성민은 멍하니 쏟아져 내려가는 모래를 바라보았다.

그는 아무것도 쥐고 있지 않았으나, '창'을 떠올린 순간 이성민의 손에는 창이 있었다. 데니르가 말했던 것을 어느 정도는 이해할 수가 있었다. 이곳은 이성민의 의식 세계. 무엇이든 가능하다.

"자…… 그럼……."

이성민은 호흡을 가다듬으면서 창을 꽉 잡았다.

100년의 첫날이 시작되었다.

사라락.

사라라락.

흐름을 알 수 있는 것은 바닥에 놓인 모래시계에서 쏟아지는 모래뿐이다.

사실 그건 편리한 시계는 되어주지 못했다. 며칠이 흘렀는지 정확히 알 수 없었기 때문이다.

신경 쓰고 싶지 않았다.

아무것도 없는 세계. 고요한 침묵.

그것은 므쉬의 산에서 이미 익숙해진 것이었다. 금욕 역시 마찬가지였다. 오히려 이 수행이 므쉬의 산이나 소림에서의 수행보다는 낫다고 여겨졌다.

적어도 이곳에는 금제로 인한 고통도 없고, 열등감을 자각하게 만드는 지학도 없었다.

그런 세계에서 스스로 하는 수행은 오히려 마음이 편했다.

처음에는 그랬다.

아무런 소음도 없는 이 세상은 므쉬의 산보다 끔찍한 지옥이 되었다.

그렇게 되기까지는 그리 오랜 시간이 흐르지 않았다. 아무리 움직이고 움직여도 몸은 피로하지 않다.

배도 고프지 않다. 다가오는 수마(睡魔)가 그리웠다. 굶주림이 그리웠다. 갈증이 그리웠다.

할 필요가 없음에도 음식을 상상해 먹었다. 물을 마셨다. 술도 마셨다. 하지만 맛은 느껴져도 포만감은 없다. 아무리 마셔도 취하지 않는다.

지적해 주는 사람이 없다. 무공에 대한 기억은 뚜렷하게 남았지만, 스킬로 펼치는 것이 아닌 무공이 어색하게 느껴졌다.

뭔가 잘못된 것 같은데.

그런 생각을 하면서 무엇이 잘못되었는지를 찾아보아도 확인이 불가능했다.

그렇기에 막힌다. 의식만이 존재하는 세계지만 내공은 사용할 수 있었다.

다만 내공이 고갈되면서 다시 차오르는 것이 그 즉시 이루어질 뿐. 펼치는 무공의 형태가 잘못되는 것은 곧 내공의 흐름을 엉키게 했고, 그로 인한 고통은 현실보다 뚜렷했다.

얼마나 시간이 흘렀을까.

아직 100년이 되지 않았나?

언제부터인가 그것을 바라게 되었다.

〈10〉

모래시계는 아직도 많이 남아 있다. 구천무극창을 펼치던 것을 그만두고 란나찰로 도망친다.

나는 쓰레기다.

〈13〉

이대로는 안 된다. 뒤늦게 그것을 자각한다. 인간은 변하지 않는다. 변하기 힘들다.

그러니까 연기하는 거야. 내가 아닌 다른 인간을. 하지만 맞지 않지. 그래서 나의 검은 추악해.

남궁희원이 했던 말을 다시 떠올린다. 그러면서 구천무극창을 펼쳐본다. 잘되지 않았다.

〈15〉

지학과의 비무를 떠올려라. 지학에게서 배운 것을 떠올려라.

의식의 세계에서 기억은 뚜렷하게 떠오른다. 소림에서 했던 수행을 나는 잊지 않았다. 그것을 다행이라고 여긴다.

〈27〉

찌르고, 찌르고, 찌르고, 찌르고, 찔러도 손에 물집이 잡히지 않아.

지치지 않아. 대체 몇 번이나 창을 찔렀지?

〈30〉

창이란 찌르고 휘두르는 것. 창간과 창영과 창두와 창준과 중화창은 천하절기이며 소림의 창은 그중에서도 특출해. 그런데 나는 중이 아니잖아.

〈41〉

나라는 인간은 왜 이리도.

〈50〉

모래시계가 절반 남았어.

〈53〉

그런데 나는 무엇을 얻었지?

〈60〉

조금만 더.

〈74〉

이대로 나간다고 해도 나는 그 무엇도 바뀌지 않아. 죽여야 한다. 나를 죽인다. 나약하고 쓰레기 같던 나 자신을 죽여야 한다. 죽여서 만들어진 공백에 나는 무엇을 채울까. 그를 채우는 나는 나인가?

〈81〉

어르신, 죽여서 죄송합니다. 나 따위가 당신을 죽여서는 아니 되었는데.

〈90〉

내가 얼마나 재능이 없는지를 알았다. 모래가 조금 남았음에도 나는 거의 진보하지 못했다.

충실하지 못하였는가? 100년이 다 되어가는 동안 잠도 자지 않고 창을 휘둘러 왔는데.

열등감을 전해주는 천재가 곁에 없음에도 나는 그를 느끼고 있다.

이전에 데니르에게 이 시련을 받았던 10명. 그들은 모두가 처음의 100년을 쉽게 넘겼다고 했다.

그런데 나는 뭐지? 열심히 했다고? 정말로?

잠도 자지 않고 먹지도 않고 마시지도 않고 싸지도 않고.

열심히 하지 않았다. 언제부턴가는 창을 쥐지 않고 멍하니 시간만 죽이고 있었으니까.

바뀌는 것은 힘들어. 약한 나 자신을 죽이고 싶어서, 더 강해지고 싶어서 이곳에 왔으면서. 나라는 인간은 여전히 걷지 못하고 기고 있지. 걸음마를 배우지 못했어.

뒷걸음질만 배웠어. 아, 플람. 플람. 그때의 나는 너를 극복한 것이 아니었는데. 므쉬, 당신은 틀렸던 거야.

〈95〉

그만하자.

〈97〉

그만해서는 안 돼.

〈99〉

모래가 다 떨어져 간다.

〈100〉

"다시."

이성민은 쉰 목소리로 중얼거렸다. 데니르가 말했던, 이 시련에 도전한 다른 자들은 처음의 100년을 쉽게 보내고 무언가를 얻었다고 했지만 이성민은 아니었다.

100년 동안, 여태까지 해왔던 것의 몇 배나 되는 만큼 창을 휘둘렀다고 자부한다.

하지만 무공은 크게 진보하지 않았다. 이곳에는 노 클래스의 보정도 없고 스킬의 강제 성장도 없다.

단순히 휘둘러서, 휘둘러서. 그 반복을 통해 새로운 경지를 보아야 하고 그를 통해 직접 나아가야 한다.

이성민에게는 힘든 일이었다. 100년 동안…… 몇 번이나 절망했을까. 몇 번이나 포기했을까. 창을 휘두르지 않았던 것이 과연 몇 년이나 되었을까.

100년의 시간 동안 나는 무엇을 하였나. 무엇을 버렸고, 무엇을 얻었나.

그대로다.

이성민은 질질 발을 끌면서 모래시계를 향해 다가갔다. 모래는 더 이상 떨어지지 않는다.

모래시계를 향해 손을 뻗으면서, 이성민은 꿀꺽 침을 삼켰다.

그냥…… 여기서 그만하면 안 될까?

아니, 안 된다. 여기서 그만두면 이전과 다를 것이 없다. 다시 외면하고 도망쳐서 그럼에도 마음속으로는 나는 변했다, 해냈다, 그래도 극복해 냈다라고 역겨운 자기 위로를 하겠지. 그러다가 또 벽을 맞닥뜨리면 열등감과 자괴감을 느낄 테고.

그게 싫다. 더 이상 그러고 싶지 않았다.

이성민은 이를 악물고서 모래시계를 잡았다.

[병신.]

데니르의 비웃음이 머릿속에 울리는 것 같았다.

200년의 첫날이 시작되었다.

무력함을 알아라. 약함을 알아라. 못남을 알아라. 그를 떨쳐 내라. 버려라. 바뀌고 싶다고 생각하지 말고 바뀌어라. 조

금 바뀌었다고 만족하지 마라. 갈구하고, 갈구하고, 계속-

의식을 잃고 다시 눈을 떴을 때, 모래가 상당량 떨어져 있었다.

무슨 일이 일어난 것일까.

어렵지 않게 이해했다.

나는 잠깐 미쳤었구나. 아니면 꽤 오래. 기억조차 하지 못하는 미쳐 버린 순간 동안 나는 무엇을 하였는가.

아니, 그건 궁금하지 않아. 다만 시간이 아깝다고 여겼다. 나약한 정신도 경멸스러웠다.

시간은 넘치도록 있었다. 이곳에서의 수행이 현실의 몸뚱이에 반영되지 않는다고 하여도, '기억'하고 있는 것이 중요하다는 것은 과거로 회귀한 초기에 확실히 느껴왔다.

그 시기의 이성민이 살아가게끔 할 수 있었던 것. 이성민이 전생과는 다르게 살 수 있다는 자신감을 가질 수 있었던 것은 이류로나마 살아왔던 용병 시절의 기억 때문이었다.

창법의 수행은 지루하기 짝이 없었다. 그를 환기하는 기분으로 무영탈혼의 수행을 시작했다.

시간은 많다. 이 넘치는 시간을 효율적으로 쓸 필요는 없다.

버티기만 하면 된다.

어떤 식으로든, 미치지만 않으면 된다.

모래시계가 절반 정도 남았다. 100년이 흐른 것이다. 이번의 100년은, 처음 겪은 100년과 비교해서 훨씬 더 보람이 있었다. 몇 걸음은 앞으로 나아갔다고 자신할 수 있었다. 하지만 부족했다. 기본기도, 구천무극창도, 무영탈혼도.

자하신공을 익혀보자.

어그러진 심, 기, 체의 균형을 맞추기 위해서는 심법의 수행이 필요하다. 심법이 경지에 이른다면 자연스럽게 벽과 마주하게 되고 그 벽을 어떻게 뚫느냐는 본인의 역량에 달려 있다.

이 세계에도 그런 벽을 마주하는 것이 가능할까.

해보자. 어차피 시간은 많으니까. 부족하면 시계를 뒤집자.

그나마 제대로 된 목적을 잡게 된 것 같아서, 이성민은 즐거움을 느꼈다.

몇백 년 만에 느껴보는 즐거움이었다.

모래는 더 이상 떨어지지 않는다. 200년이 끝났다. 명상하고 있던 이성민은 감고 있던 눈을 떴다.

“이쯤 되면 대단하군.”

이성민은 심드렁한 얼굴로 그렇게 중얼거렸다. 거의 100년을 자하신공에 매달렸는데 벽은커녕 앞으로 나아간다는 느낌도 제대로 받지 못했다.

이성민은 새삼 자신이 가진 재능이 얼마나 구질구질하고

쓰레기 같은 것인지 깨달았다.

그래도 의식 세계가 아닌 현실에서는 무공에 매진하는 대로 조금씩이나마 성취가 올랐는데.

생각해 보면 그런 성취라도 오를 수 있었던 것은, 스킬로 익힌 무공과 노 클래스, 하급 무골의 성장 보정이 있었기 때문이었던 모양이다.

하지만 의식 세계에서는 그런 보정들이 적용되지 않는다. 이곳의 이성민은 그 어떤 성장 보정도 받지 않고 있다. 스킬로 무공을 펼치는 것이 아니라, 직접 무공을 펼치고 있다. 그러니 성장이 늦다.

이성민은 새삼 지학이나 남궁희원과 같은, 이계인이 아닌 이 세계에서 태어난 무인들이 얼마나 경이적인 재능과 노력을 겸비한 존재들인지 자각했다. 그들은 스킬 같은 것을 쓰지도 않고서 그만한 경지에 도달한 것이다.

'위지호연이 괴물처럼 강할 만도 해. 그녀는 압도적인 재능과 더불어 스킬의 보정도 받고 있으니까.'

자, 여기까지. 그들은 그들이고, 나는 나다.

이성민은 천천히 몸을 일으켰다. 몇십 년 전까지만 하여도 무기력함을 느꼈으나, 최근에는 그것도 거의 사라졌다. 자하신공은 익히고 익혀도 성장이 거의 되지 않았지만, 그래도 머리는 맑게 해주었다.

"지금까지 300년인가."

이성민은 그렇게 중얼거리면서 모래시계를 향해 손을 뻗었다.

이 시계를 뒤집으면, 300년의 시간이 이어진다.

그 시간을 모두 마치면 이성민은 600년 치의 수행을 하게 되는 것이다.

그렇게 생각하면 기가 질렸지만, 이성민은 망설임 없이 모래시계를 뒤집었다.

300년이 넘어서야 무공을 익히는 것이 즐겁다고 느껴지기 시작했다.

자하신공만 매진해서는 안 된다는 것을 깨달았다.

심, 기, 체, 자하신공만 익혀서는 그 균형이 맞지 않는다. 이 의식 세계에서 주화입마는 존재하지 않겠지만, 나중을 위해서라도 무공들을 고루 익힐 필요가 있었다.

300년이라는 시간은 나누기에 편했다. 모래시계에 눈금을 그린다. 셋으로 나뉜 눈금은 하나당 대충 100년의 시간을 가질 것이다.

100년을 자하신공을 익히고, 100년을 구천무극창을 익히고, 100년을 무영탈혼을 익히자.

그렇게 생각했다.

300년의 수행은 지겨우면서도 즐거웠다. 의외로 머리는 맑았다.

처음 이 시련을 시작한 100년은 미칠 것처럼 끔찍했지만, 이후의 수련은 오히려 처음보다 나았다.

익숙해진 것일까?

이성민은 머리를 갸웃거렸다. 어느 순간부터는 스스로에 대한 자학도 하지 않는다. 열등감도 자각하지 않는다. 어쩌면 이것은 마음 깊은 곳에 처박아 두고 있을 뿐, 나중이 되면 또 머리를 들어 올릴지도 모른다.

그러지 않도록, 다시 모래시계를 뒤집는다. 목적을 위로 올린다.

이성민은 검귀와의 싸움에서, 검귀에게 죽음에 이르는 상처를 주었던 창로를 다시 재현하고자 해보았다.

실패했다.

600년을 수행하였으나 이성민은 그때, 검귀를 죽였던 창로에 도달하지 못했다.

"좋아, 몇 번 해보고 성공한다면 그건 내가 아니지."

이성민은 웃으면서 머리를 끄덕거렸다.

당연히 예상했던 실패가 즐거웠다. 실패에서 좌절할 필요는 없다. 시간은 얼마든지 있다. 그러니 넘어가자. 더, 더 먼 곳으로.

1000년이 되었을 때 벽을 보았다. 이성민은 배를 잡고 웃었다.

"1000년 동안 수행해서 초절정의 벽을 보다니!"

데니르는 이성민에게 거짓말을 했다. 이 시련은 단순히 의식 세계에서 의식만을 단련하는 것이 아니다.

이곳에서의 성취는 늦다. 아무리 수행해도 그 효율만큼의 성과를 거둘 수가 없다.

그러니 내로라하는 천재들도 미쳐서 죽어버리는 것이다. 그들은 좌절에 익숙하지 않고 실패에 익숙하지 않다. 스스로가 천재임을 잘 알고 있기 때문에 당연히 해낼 수 있을 것이라 생각한다.

하지만 실패하고, 몇백 년 동안 매진해도 실패하기에 미쳐버리는 것이다.

하지만 이성민은 아니었다. 그는 모든 것이 익숙했다. 자신이 미련하다는 것도, 등신이라는 것도, 재능이 없다는 것도, 열등감과 자기비하와 절망에 익숙하다는 것도.

"1000년을 해서 벽을 보았으니. 벽을 넘으려면 얼마나 더 해야 할까?"

이성민은 즐거운 기분을 느끼면서 도전했다.

500년이 시작된다.

"닿았다."

검귀를 죽인 창로를 재현해 내는 것에 성공했다. 그래, 단순히 재현만 해냈다.

그 이상의 것은 해낼 수가 없었다. 똑같은 창로를 그릴 수는 있었지만 그 위력으로 다른 창법을 펼치는 것은 불가능하다.

"역시 나야. 불쌍한 병신 새끼."

이성민은 흥얼거리면서 창을 쥐었다.

600년.

"나는 언제 초절정 고수가 되는 거지?"

멍한 생각.

"어쩌면 나는 이미 미쳤을지도 몰라. 아니면 죽었든가."

그래도.

"조금만 더 할까."

이성민은 킬킬 웃으면서 말했다.

"이…… 미친 새끼……."

데니르는 멍하니 앉아 있는 이성민을 보면서 중얼거렸다.

이성민이 의식 세계로 들어가고서 그리 많은 시간은 흐르지 않았다. 어디까지나 '현실'의 시간은 그러했다. 길어봐야 5분 정도다.

하지만 이곳과는 다른 의식의 세상 속에서 이성민은 벌써 2000년이라는 시간을 보내고 있었다. 그것은 믿을 수도 없었고 말도 안 되는 일이었다.

여태까지 데니르에게서 이 시련을 받아 도전한 사람은 10명이다.

그중 7명은 500년을 채우지 못하고 정신이 붕괴했다. 천재라고 인정받는 이들이었기 때문에, 성장이 강제적으로 억제되어 있는 의식 세계에서의 절망을 쉽게 극복해 내지 못한 것이다.

절망에 미쳐 정신이 붕괴된 이들은 모래시계의 모래가 모두 떨어져도 정신을 차리지 못했다.

의식 세계에서의 죽음은 정신의 죽음이었고, 그것은 식물인간이 되었다는 것을 의미한다.

그 어떤 치료 마법과 포션으로도 정신의 죽음을 부활시킬 수는 없다.

시련을 극복해 낸 3명. 그들은 제각각 다른 시간을 보냈지만, 그중에서 가장 긴 시간을 보낸 이도 1000년이 한계였다.

그 이상은 고독과 미침을 견딜 수 없었노라고. 1000년을 버텨낸 인간은 그렇게 말했었다.

그런데 저 인간은 2000년째 의식 세계에서 수행을 계속하고 있다.

그것은 재능의 영역이 아니었다.

그렇다면 타고난 집념인가? 아니면 근성? 필사적인 그런 것?

이해할 수가 없었다.

데니르가 본 이성민이라는 인간은 그렇게까지 그릇이 넓지 않았다. 오히려 저 인간의 정신력은 다른 인간과 비교해서 나약하다고 봐야 했다.

그런데 어떻게 2000년이나 버티고 있는 것일까.

'도중에 몇 번이나 정신이 붕괴했었어. 그리고 그것을 다시 회복했지. 이건…… 불가능해. 붕괴된 정신이 어떻게?'

2000년이라는 시간 동안. 이성민의 정신은 몇 번이나 붕괴되었다.

그런데도 어느 순간부터는 다시 정신을 차리더니 수행을 계속한다.

의도적으로 망각하는 것일까? 아니, 그것은 불가능하다. 의식 세계에서 보내는 시간은 절대로 잊을 수가 없다. 그렇기에 이 시련이 끔찍한 것이다.

몇백 년 이상의 기억을 조금도 망각하지 못한 채 가지고 있는 것. 아무것도 없는 세계에서 혼자만 움직이고 반복하여 수련하며 시간을 보내는 것.

성장이 억제되어 있기에 수련을 거듭해도 얻는 것은 보잘것없다.

이 시련은 그런 것이다.

견딜 수만 있다면 무한하게 늘릴 수 있는 의식 속의 시간에서, 느린 속도로나마 앞으로 나아가 무언가를 얻게 하는 것이 데니르의 시련이다.

므쉬의 시련이 연속된 금제를 통해 전체적인 성장을 가속시킨다면 데니르의 시련은 체감하는 수백 년의 시간 속에서 정신적인 성취를 얻게 만든다.

"아."

닫혀 있던 이성민의 입이 열렸다.

데니르는 이성민이 목소리를 내자 흠칫하고 놀라 몇 걸음 뒤로 물러섰다. 감겼던 눈이 떠지고, 이성민은 멍한 눈을 깜박거리며 주변을 둘러보았다.

"아…… 아아, 아?"

이성민은 입술을 뻐끔거리면서 목소리를 냈다. 그는 비틀거리며 일어서려다가 다리에 힘이 풀려 그 자리에 주저앉았다.

주륵.

이성민의 코에서 피가 흘러내렸다. 이성민은 뚝뚝 떨어지는 코피를 내려 보면서 머리를 갸웃거렸다.

"……당연한 일이다. 정신이 2000년, 아니, 2100년이라는 시간을 보냈어. 뇌가 터지지 않은 것은 내 덕분이니 감사해라."

"감사…… 그래, 감사. 감사해. 감사합니다."

이성민이 입술을 달싹거리며 중얼거렸다.

그는 손등으로 코를 벅벅 문지르더니 비틀거리며 몸을 일으켰다. 이성민은 자신의 몸을 내려다보면서 두 눈을 끔벅거렸다.

"몸이 무거워."

"버르장머리가 없어졌군."

"그야…… 2100년을 더 살았으니까. 꿈은 아니겠지. 기억이 너무 확실해."

이성민은 그렇게 말하면서 관자놀이를 꾹 눌렀다.

"어느 순간부터는 생각도 하지 않았어. 하고, 하지 않고를 반복했지. 기계가 된 기분이었나. 아니, 기계가 차라리 나았을지도."

"너는 도중에 몇 번이나 미쳤었다."

"나도 알아. 가끔 의식을 잃는 순간이 있었지. 정신을 차렸을 때에는 모래가 제법 많이 떨어져 있었어."

"넌 괴물이야."

데니르가 질렸다는 얼굴로 말했다.

“나는 아직도 네가 어떻게 이것을 해낸 것인지 모르겠다. 정신이 붕괴되었다는 것은 정신의 죽음인데…….”

“나도 잘 모르겠는데.”

이성민은 멍한 얼굴을 하고서 그렇게 말했다.

“하지만 해냈어. 더 해볼까 했지만…… 한계라는 생각이 들었지. 더 했다가는 진짜로 미쳐 죽었을 거야.”

과연 그럴까. 이미 그 이전에도 몇 번이나 미쳐 죽었었는데.

“인격이 조금 변한 것 같기도 하군.”

“2100년을 살았으니까.”

“그 정도면 양반인 거야. 1000년을 살다 나온 놈은 사지분간도 하지 못했었으니까. 네가 그 정도로 인격을 유지하고 있다는 것이 기형적인 일이다.”

“그…… 런가?”

이성민은 그렇게 대답하면서 몸을 움직여 보았다.

스트레칭하듯이 관절을 꺾어보았고, 두 눈을 크게 뜨고서 주변을 둘러보았다. 손을 쥐었다 펴던 이성민은 단전 속의 내공을 끌어올렸다.

그것을 본 데니르가 기겁하면서 물었다.

“잠깐, 잠깐! 너 설마 여기서 무공을 펼칠 셈이냐?”

“아…… 그래, 여기는 의식 세계가 아니지. 이곳에서 휘두르면 안 돼.”

이성민은 그렇게 말하면서 발을 질질 끌고 방 밖으로 나갔다. 데니르는 불안을 가득 담은 얼굴로 이성민의 뒤를 쫓았다.

뜰로 나오면서 이성민은 자신의 육체에서 강렬한 위화감을 느꼈다.

그것은 당연한 위화감이었다. 의식 세계의 이성민은 2100년의 시간을 수행했다.

반면에 현실의 육체는 고작해야 5분 동안 앉아 있었을 뿐이다.

의식 세계에서 사용하던 아스트랄 바디와 진짜 육체의 위화감에는 2100년이라는 간격이 존재하고 있었다.

“창…… 창…….”

이성민은 작은 목소리로 중얼거리면서 자신의 손을 쥐었다가 폈다.

본래라면 이렇게 생각한 순간 창이 쥐어졌어야 했다. 데니르는 그런 이성민을 보고서 한숨을 푹 내쉬더니 손을 들어 올렸다.

“여기는 의식 세계가 아니야. 우선 그를 이해해라.”

“위화감이 짙어.”

“알아.”

데니르가 손을 움직이자 그의 손 위에 새하얀 구체가 만들어졌다.

"이건 네 기억의 백업이다. 네가 정신세계에 들어가 있을 때, 기존에 네가 가지고 있던 기억만을 추출했지. 받아라."

데니르가 구체를 던졌다. 이성민은 머리 근처로 다가오는 구체를 빤히 보았다.

"뭐 해? 잡지 않고."

"잡으면 어떻게 되지?"

"네가 한 2100년의 기억과 수행하기 전의 기억이 뒤섞이겠지. 위화감을 덜어내는 것에 도움이 될 거다."

"그래?"

이성민은 입꼬리를 비틀고서 킬킬 웃었다.

"한심하던 시절의 기억이군. 그래도 필요해. 잊어서는 안 될 것들이 있으니까."

이성민은 그렇게 말하면서 구체를 잡았다. 머릿속이 확 하고 뜨였다. 잠시 뒤에 이성민은 머리를 끄덕거렸다.

"후우."

기억이 더해졌다고 하여 위화감이 줄어든 것은 아니었다. 다만, 이 세계가 정신세계가 아니라는 것은 확실히 알았다. 이성민은 아무것도 쥐고 있지 않은 손을 내려 보다가 아공간 포켓에서 창을 꺼냈다.

그리고 그 자리에서 창법을 펼쳐 보았다. 구천무극창을 펼친 뒤에는 무영탈혼을 펼쳤고, 그 뒤에는 창을 내려놓고서 운기조식에 들어갔다.

그런 식으로 몸을 점검해 보던 이성민은 소리 죽여 웃었다.

"내 몸이 마음에 들지 않아."

"그야 그렇겠지. 2100년을 수련한 몸뚱이와 지금의 네 몸뚱이는 달라. 기억은 가지고 있겠지만, 그 몸으로 네가 경험해 본 수준까지 가는 것은 쉬운 일이 아닐 거다."

"내가 재능이 없음은 그 세계에서 몇천, 몇만 번이나 느꼈어. 어쩔 수 없지. 그게 나란 인간이니까."

감상은 그것으로 끝이다.

이성민은 데니르를 향해 물었다.

"당분간 이곳에서 신세를 지고 싶은데."

"뭐? 왜?"

"갈 곳이 마땅치 않아서. 집 안에 들이지 않아도 좋아. 마당에서라도 잘 테니까."

"이…… 으…… 후우!"

뭐라고 반발하려던 데니르는, 결국에 눈을 질끈 감고서 크게 한숨을 내뱉었다.

"마음대로 해라."

해야 할 일들에 대해 정리해 본다.

백소고의 죽음을 막는 것은 반드시 해야 하는 일이다.

남은 시간은 1년. 그 1년 동안 이성민이 해야 할 일은, 정신세계에서의 수련을 통해 얻은 것들을 현실의 육체에 새겨 넣는 것이다.

'내 몸은 심, 기, 체가 엉켜 있어.'

그 이유에 대해서는 확실하게 알았다. 아이네와의 싸움에서 얻은 심득은 이성민을 한 차례 높은 경지로 이끌어주었지만 이성민의 육체는 그 심득을 완전히 받아들이지 못했다.

검귀와의 싸움도 그러했다. 심득이 이끄는 방향으로 육체가 움직였지만, 그것에 그쳤다.

현재 이성민의 몸에서 단연 앞서고 있는 것은 마음이었다. 기와 체는 한참이나 뒤떨어져 있다.

소림에서의 수행을 통해 그것을 어느 정도 맞춰두기는 했지만, 데니르의 시련은 기껏 맞춘 심기체의 균형을 다시 엉키게 만들었다.

'환골탈태를 해야 해.'

우선해야 할 목표는 임독양맥을 뚫어 환골탈태를 하는 것이다.

'경험'은 있었다. 어디까지나 정신세계에서의 경험이기는 했지만 말이다. 그렇다고는 해도 없는 것보다는 나았다.

'그 세계에서 초절정의 경지에 들어서는 것에 1500년 정도

걸렸었지.'

그렇다고 해서 현실에서도 초절정의 경지가 도달하는 것에 1500년이라는 시간이 필요한 것은 아니다.

이미 도달한 기억은 있다. 구천무극창을 어떻게 쓰는 것인지, 무영탈혼을 어떻게 쓰는 것인지, 자하신공을 어떻게 운용해야 하는지도 알고 있다.

이성민은 창을 내려놓고 가부좌를 틀고서 앉았다.

다시 한번.

이성민은 그런 생각을 하면서 빙그레 웃었다. 정신은 스스로도 놀라울 정도로 개운했다. 육체의 위화감은 여전히 익숙하지 않았지만, 이 맞지 않는 위화감을 맞춰가는 과정은 즐거울 것 같았다.

'앞으로 1년. 나는 어디까지 갈 수 있을까?'

어디로든 갈 수 있어야 한다고, 이성민은 그렇게 생각했다.

봄이 되었다.

산문의 젊은 무승은 계단을 올라오고 있는 사내를 보며 머리를 갸웃거렸다.

아까까지 이곳에 서서 계단 아래쪽을 경계하고 있었는데,

어느 순간부터 저 사내가 갑자기 시야에 나타났다.

그것은 마치 처음부터 그곳에 있었다는 양 자연스러운 출현이었기에 무승은 사내를 포착하고도 놀라는 것이 더뎠다.

'고수……!'

하지만 사내가 다가올수록 그것을 알게 되었다. 사내는 무공을 익히지 않은 것처럼 아무런 기세도 내비치지 않았지만, 무공을 익힌 무승은 오히려 그것이 진짜 고수의 증거라는 것을 잘 알고 있었다.

"누구십니까?"

무승이 경계 섞인 목소리로 물었다. 그 말에 사내는 머리 위에 쓰고 있던 방갓을 들어 올리면서 무승을 올려 보았다.

"승저님."

"……어……."

사내가 웃으면서 불명을 부르자 승저는 입술을 쩍하고 벌렸다.

"이성민 님?"

1년 만에 소림으로 돌아왔다.

"오랜만입니다."

이성민은 산문을 오르면서 승저에게 말을 걸었다.

승저는 쩍 벌리고 있던 입을 다물고서 꿀꺽 침을 삼켰다. 잠깐 동안 믿을 수 없다는 눈으로 이성민을 보던 승저가 머뭇거리며 머리를 끄덕거린다.

"예…… 오…… 오랜만입니다."

이성민이 불영대사의 심부름으로 화산이 있는 드리무어로 떠난 지 1년이 흘렀다.

화산에서 어떤 일이 벌어졌는지는 이미 에리아 전역에 퍼졌고, 소림에도 그 사건이 전해졌다.

"그…… 1년 전의 이야기는 들었습니다. 큰일을 하셨더군요."

"어쩌다 보니 그렇게 되었을 뿐입니다."

이성민은 그렇게 대답할 뿐, 그때의 일에 대해서는 자세히 설명하지 않았다. 승저는 그것을 못내 아쉽게 여겼지만, 더 이상 캐묻지는 않았다.

"지학 님은 안에 계십니까?"

"아…… 예. 아마 불영대사 님의 거처 쪽에 계실 겁니다."

승저가 대답하자 이성민은 씩 웃으면서 머리를 끄덕거렸다. 승저가 합장을 하고 눈을 한 번 감았다가 뜨자.

"어?"

방금까지 그곳에 있던 이성민의 모습이 보이지 않았다.

1년 만에 오는 소림이었지만 이성민은 굉장히 오랜만에 찾아온 것 같은 기분을 느끼고 있었다.

데니르를 통해 백업된 기억을 덧씌우기는 했지만, 이성민이 정신세계에서 보냈던 세월은 육체가 아닌 정신에 확실하게 누적되어 있었다.

"……음."

불영대사가 거하는 동굴의 근처에 왔을 때, 이성민은 그런 소리를 들었다. 사실 소리가 들리기 전부터 이성민은 그의 기척을 눈치채고 있었다.

"무슨 일이 있었던 겁니까?"

지학이 모습을 드러냈다. 이성민이 기억하는 지학은 표정이 그리 풍부하지는 않은 사람이었다. 하지만 지금의 지학은 이성민을 보고서 놀란 표정을 숨기지 못하고 있었다.

"여러 가지 일이 있었습니다."

오랜만에 보는 지학의 얼굴이 반가웠다. 그는 살짝 묵례하면서 지학에게 대답했다.

여러 가지 일.

지학은 이성민이 답한 말을 중얼거리면서 머리를 좌우로 흔들었다.

"이성민 님이 검귀를 쓰러뜨렸다는 이야기는 들었습니다."

"요행이었습니다."

"화산파 장문인을 살해한 검귀를 쓰러뜨렸다는 것이 요행이었다는 겁니까?"

"요행이라는 말 외에 무엇으로 설명해야 할까요. 그때의 저는 검귀보다 약했습니다."

"……검귀가 방심했던 겁니까?"

"그럴지도 모르죠."

"……언제입니까?"

지학이 한숨을 쉬면서 물었다. 이성민은 그 질문의 뜻을 이해하지 못하여 머리를 갸웃거렸다.

"무슨?"

"언제 초절정의 경지에 들어서신 겁니까."

"아……."

이성민은 뒤늦게 지학의 말을 이해하고서 쓴웃음을 지었다. 그는 멋쩍다는 듯이 머리를 긁적거리며 대답했다.

"반년 전이었습니다."

정신세계에서는 초절정의 벽을 넘는 것에 천 년이라는 시간이 필요했다.

하지만 그 기억을 바탕으로 현실에서 도전하자, 반년도 되지 않아 초절정의 벽을 뚫을 수가 있었다.

데니르의 시련에 성장이 크게 억제되어 있었던 탓이기도 했지만, 한 번 갔던 길을 다시 가는 것은 처음 하는 것보다 훨씬 쉬웠다.

"반년…… 반년입니까."

"왜 그러십니까?"

"아니…… 아무것도 아닙니다. 그냥, 이성민 님의 눈을 보고 있으니, 반년이라는 시간이 사실처럼 느껴지지 않았을 뿐입니다."

"반년 전에 초절정의 벽을 넘은 것은 사실입니다."

"압니다. 단지…… 이성민 님의 눈은 그 이상의 수행을 해온 것처럼 보입니다."

그 말에 이성민은 빙긋이 웃기만 할 뿐 대답하지는 않았다. 대신에 이성민은 등 뒤에 둘러메고 있던 창을 손으로 잡았다.

"괜찮으시다면 비무를 부탁드려도 되겠습니까."

"얼마든지요. 다만…… 조금 걱정되는군요. 제가 보는 것이 맞을지는 모르겠지만. 지금의 이성민 님과 상대하면 저는 전력을 다해야 할 겁니다."

"정말입니까?"

"적어도…… 제가 느끼기에는 그렇습니다."

지학은 그렇게 말하며 양손을 가슴 앞으로 모았다. 칠십이 종절예를 두루 섭렵한 지학이었지만, 이성민은 지학이 가장 자신 있어 하는 것이 무기를 쓰지 않는 권법과 장법, 각법을 모두 아우르는 무투라는 것을 잘 알고 있었다.

"관둬라."

이성민이 창을 꺼내려는 순간이었다.

늙수그레한 목소리가 지학과 이성민 사이를 단절했다. 지학은 움찔 몸을 떨며 소리가 난 방향을 바라보았다.

동굴의 입구에 불영대사가 서 있었다. 그는 웃는 듯 마는 듯한 묘한 표정을 지으며 이성민을 보고 있었다.

시선이 마주치자 이성민은 불영대사를 향해 꾸벅 머리를 숙였다.

"어째서 말리시는 겁니까?"

"지금 너희 둘이 싸운다면 비무로 끝나지 않을 게야. 누구 하나가 패배를 감수하지 않는다면 말이다."

"……으음."

불영대사의 말에 지학이 낮은 신음을 흘렸다. 그 말인즉, 이성민의 무위가 지학과 동등하다는 것이었기 때문이었다.

"둘 중 누구도 패배를 감수하려 들지 않는다면 지학, 네가 죽거나 불구가 되겠지."

불영대사가 말을 덧붙였다. 그 말에 지학의 입이 반쯤 벌어졌다. 그는 믿을 수 없다는 표정을 지으며 이성민과 불영대사를 돌아보았다.

이성민은 불영대사의 말을 들으면서 쓴웃음을 지었다.

"저를 너무 높게 평가해 주시는 것 아닙니까."

"끌끌끌! 아해야, 보이지 않던 1년 동안 거짓부렁이 늘었구나. 너는 도대체 무엇을 확인하고자 이곳에 온 것이냐."

"……내가 어느 정도까지 되었는지 확인해 보고 싶었습니다."

"어느 정도까지. 누구와 비교해서 말이냐?"

"위지호연."

이성민의 대답에 지학의 어깨가 움찔 떨린다.

위지호연.

그녀는 지학에게 처음이자 유일한 패배를 안겨준 장본인이었고, 지학에게 세상의 넓음을 자각시켜 준 인물이었다.

"흠."

불영대사가 턱을 어루만졌다.

"아해야, 나는 지금의 위지호연을 모른다. 내가 알고 있는 것은 이 산에 찾아와 소림을 보고 싶다고 말하던 위지호연뿐이야. 그 패왕의 운명을 가진 천재가 그 후로 손가락만 빨고 있지는 않았을 테니, 지금의 위지호연과 지학을 패배시켰을 때의 위지호연 사이에는 큰 격차가 존재하겠지."

"저와 비교해 본다면 어떻습니까."

"너는 이 산에 처음으로 왔던 때의 위지호연만도 못해."

불영대사가 머뭇거림 없이 대답했다.

"이 1년간 네가 무슨 수행을 하였는지 나는 모르겠구나. 1년 전에, 네가 성하 늙은이를 죽인 검귀라는 놈을 죽였다는 소문이 들었을 때. 나는 그것을 믿지 않았다. 내가 알고 있는 너는 성하 도인에게도 10초 지적이 안 되었거든."

이성민은 그 말을 덤덤하게 받아들였다. 사실이었기 때문이다.

당시의 이성민은 초절정의 문을 간신히 엿보고 있던 시절이었고, 성하 도인은 확실한 초절정 고수였다.

"그런 네가 성하 도인을 죽인 검귀를 죽였다니. 내가 그를 어찌 믿었겠느냐? 뭔가 소문이 와전되었다고 생각했었지. 하지만 지금의 너는…… 끌끌! 1년 동안 대체 무엇을 하고 있던 것이냐?"

"많은 일이 있었습니다."

지난 1년간.

이성민은 데니르의 집에 살면서 정신세계에서의 경험을 갈무리했다.

그를 바탕으로 반년이 지나 초절정의 벽을 넘을 수 있었고, 임독양맥이 뚫리면서 환골탈태를 이루었다.

그리고 다시 반년.

초절정 고수가 되었으나 이성민은 만족하지 못했다. 정신세계에서 보았던, 아스트랄 바디로 해냈던 이상적인 창로에 근접하고자 몇 번이고 창을 휘둘렀다.

잘되지 않았다. 정신은 저 먼 곳을 보는데 육체는 아직 그를 따르지 못하고 있었다.

결국 심기체의 엉킴을 완전히 풀어놓는 것에는 실패했다.

“위지호연에게 얼마나 가까워진 것인지. 그를 확인하기 위해 온 것이냐.”

“나름의 확신이 필요했습니다.”

“확신은 얻지 못했겠구나. 너는 위지호연보다 약하니까.”

“아마 그럴 것이라고 생각했습니다.”

이성민은 풋 하고 웃는 소리를 냈다. 지금 수준에서 위지호연의 이상 가는 무력을 갖게 되었으리라는 기대는 애초에 하지도 않았다.

아직 이성민은 자신이 보고, 도달했던 경지에 완전히 닿지 못했다.

‘전부 다 보이는 것도 아니고.’

불영대사가 아무리 대단한 통찰안을 가지고 있다고 하여도, 직접 무공을 펼치지 않은 이성민의 전부를 볼 수는 없을 것이다.

지학과 불영대사를 느긋하게 하루라도 묵고 가라고 말을 하였지만, 이성민은 숭산을 내려왔다. 더 이상 시간을 지체할 수는 없었다.

숭산에 들른 것은 어디까지나 이곳이 가고자 하는 길의 도중에 있었던 곳이기 때문이었다.

앞으로 두 달 뒤가 되면 던전이 열린다.

‘할 수 있을까’라는 의문은 품지 않았다. 그런 식의 자문과 고찰은 이미 몇백, 몇천 번을 해왔다. 그렇게 해서 내린 답에 자괴감과 열등감을 갖고 결국에는 절망하여 이를 악물게 된다는 것도, 이성민은 잘 알고 있었다.

그러니 하지 않는다. ‘할 수 있을까’라는 의문 대신에 ‘해야 한다’, ‘할 수 있다’라는 생각을 한다.

이성민은 목 뒤에 걸치고 있던 방갓을 다시 머리 위에 눌러 썼다.

해야 할 일이 많았다. 우선 가장 급한 것은 백소고의 죽음을 막는 것이다.

그 뒤에는 불영대사에게 깃든 신령이 조언한 대로, 북쪽으로 가서 기인과 만나야 한다.

그 ‘기인’이라는 것이 대체 누구를 말하는 것인지는 알 수 없었지만 가야 할 필요성은 있었다.

그 뒤에는.

위지호연과 약속했던 날이 되기 전에, 해야 할 일이 하나 더 있다.

프레스칸을 찾아야 했다.

현재 이성민의 가슴 속에는 검은 심장이 있다.

검은 심장을 갖게 되고서 5년이라는 시간이 흘렀지만, 이성민은 아직도 이 심장이 대체 어떤 기능을 하고 있는지에 대해 제대로 파악하지 못하고 있었다.

이 뭔지도 모를 심장에 대해 대답해 줄 수 있는 것은 프레스칸뿐이다.

'……이게 문제야.'

이성민은 자신의 가슴을 힐긋 내려다보았다. 가슴을 열어 그 안에 뛰는 심장의 색깔을 확인해 보고 싶다고. 이성민은 몇 번인가 그런 충동을 느꼈었고, 그것을 실행하지는 않았다.

그런 충동을 느낄 때마다 이성민은 정신세계에서의 오랜 수행이 자신에게 확실한 광기를 심어놓았음을 자각하였다.

심장에 대해서 확실하게 알아야 한다고 생각하기 시작한 것은 몇 달 전이었다.

심장을 얻게 된 이후로 겪은 일 중에서 몇 가지가 이성민의 마음에 걸리고 있었다.

갑작스레 아이네가 습격했을 때, 이성민은 죽을 뻔한 상황에서 갑작스레 강기의 사용법을 깨달았다.

그 순간에 강기를 발현해 내지 못했다면 이성민은 아이네에게 살해되었을 것이다.

그와 비슷한 경험은 한 번 더 있었다.

검귀와 싸웠을 때. 검귀의 검이 이성민의 몸을 베어내려는 순간, 이성민은 무의식적으로 창을 뻗어 검귀의 가슴을 꿰뚫었다.

그 당시에는 앞선 심득이 육체를 강제로 움직인 것이라고 생각하였으나 정신세계의 수행과 현실에서 경험을 정리해 가는 과정을 통해 아무래도 그것이 아닌 것 같다는 생각에 이르렀다.

아직도 이성민은 검귀를 죽였을 때의 창로를 재현해 낼 수가 없었다.

무의식적으로 해낸 것이라고 하여도, 검강을 발현하고 그 뒤에도 효율이 나쁘게나마 검강을 운용할 수 있게 되었던 것과는 달리, 검귀를 죽였을 때의 창로는 아무리 해봐도 재현이 되지 않았다.

결국 생각은 검은 심장에까지 이르렀다. 검은 심장을 얻은 이후, 이성민은 목숨의 위기 상황에서 언제나 그를 극복하며 살아남아 왔다.

'어쩌면 검은 심장 때문일지도.'

그것은 그리 유쾌한 생각은 아니었다. 검강을 깨달았을 때에 흘렸던 눈물을 기억하고 있다.

느낀 감격을 기억하고 있다. 전생에서는 절대로 도달하지 못했던 경지를, 이번 생에서 도달하였다는 것에 이성민은 진심으로 감격했었다.

하지만 그것이 검은 심장 덕분이라면.

"……뭔지도 모를 놈을 계속 가슴에 품고 있을 수는 없지."

이성민은 그렇게 중얼거리면서 방갓을 깊이 내렸다.

7장
잠자는 숲(1)

"도착했습니다."

마차가 멈춘다. 짐칸에 타고 있던 남자는 마차에서 내려 품 안에 손을 집어넣었다.

"어이구. 뭘 이런 걸 다."

마부는 히죽 웃으면서 남자가 건네는 돈을 받았다.

어차피 오는 길이었고, 짐칸에 자리가 남아 태워준 것이 전부다.

당연히 순수한 호의로 한 일은 아니었다. 어느 정도의 대가는 물론 바라고 있었고, 남자는 마부가 기대했던 것보다 많은 돈을 쥐여주었다.

"그런데 형씨는 어디로 가는 거요?"

"숲으로 갑니다."

남자가 방갓을 올리면서 대답했다. 아직 젊은 얼굴이었지만 가진 눈동자에 젊음은 보이지 않는다.

하지만 마부는 남자의 눈에 새겨진 부조화를 읽어내진 못했다. 그는 멀뚱히 남자를 보다가 머리를 끄덕거렸다.

"큼. 뭐, 주는 거니 받기는 하겠는데……."

마부는 그렇게 중얼거리면서 머리를 돌렸다.

"숲이라. 그곳은 소문이 좋지 않은 곳인데……."

알고 있다. 아니까 온 것이다.

이성민은 떠나는 마차의 뒤꽁무니를 보다가 몸을 돌렸다. 소림을 떠나고서 백소고의 죽음을 막아야 할 때까지 아직 시간이 남았다.

늑장을 부리면 안 되지만 그렇다고 해서 서두를 수도 없는 일이다. 백소고가 위지호연을 쫓는 것에 무림맹의 의지가 개입된 것이라면 이성민이 미리 백소고와 접촉한다 해도 그녀의 행동을 막을 수는 없다.

무력을 쓴다면 가능할지도 모르는 일이기는 했지만, 이성민은 그러고 싶지 않았다. 백소고가 가진 신념을 꺾을 만한 명분이 없었기 때문이다.

남은 시간을 효율적으로 보내기 위해 이성민은 앞으로 해야 할 일 중 하나를 골랐다.

엔비루스와 만나는 것.

엔비루스는 데니르가 언급했던, 이성민과 다른 방향으로 인과율이 비틀어진 존재였다. 동시에 데니르의 시련을 받아 1000년 동안 정신세계에서 수행한 인물이기도 했다.

엔비루스뿐만이 아니다. 이성민은 데니르의 거처에서 수행하면서 이전에 데니르의 시련에서 생환한 이들의 이름을 들었다.

'그중에 내가 아는 이름은 없었어.'

이성민은 그것을 묘하다고 느꼈다. 정신세계에서의 수행을 받아 생환할 정도의 인물이라면 어떤 식으로든 에리아에서 명성을 떨쳤어야 한다.

하지만 엔비루스도 그렇고, 다른 둘 역시 이성민은 이름 한 번 들어본 적이 없었다.

그것이 신경 쓰이기는 했지만, 이성민은 우선 에레브리사를 통해 엔비루스의 정보를 구했다.

운이 좋았다. 이 숲은 위지호연과 백소고가 얽히는 던전과 크게 떨어지지 않은 곳이다. 그래서 오는 길에 들를 수 있었다.

이성민은 숲 앞에 멈추어 섰다. 이 숲은 잠자는 숲이라고 불리고 있다.

에레브리사에서 구입한 엔비루스의 정보는 단편적이었다. 정보 길드에서 주목받지 않은 인물인 것일까. 간신히 구한 정보는 1년 전에, 이 근처에 있는 도시에서 엔비루스라는 이름이 적힌 상인패를 가진 남자가 들렀다는 것이었다.

그는 한 달 동안 도시에 묵었고, 성문을 나설 때 받은 검문에서 '잠자는 숲으로 간다'라고 대답했다고 했다.

'1년 전의 이야기야. 지금까지 저 숲에 있을지는 모르겠는데.'

이전의 이성민이라면 잠자는 숲에 들어가는 일 따위는 절대로 하지 않았을 것이다. 마부가 말한 것처럼 저 숲은 위험한 곳이다.

이성민은 머뭇거림 없이 숲을 향해 걸음을 옮겼다. 그는 등 뒤에 둘러메고 있던 창을 손으로 잡았고, 쩍 벌어진 숲의 입구 안으로 발을 뻗었다.

발을 들인 순간 불쾌한 한기가 전신을 훑는다. 몇 걸음 더 걸었을 때, 귓가에 어떠한 소곤거림이 들렸다.

'이게 귀명(鬼鳴)이군.'

맨몸으로 아무 지식 없이 이 숲에 들어온 것은 아니다.

목적지를 잠자는 숲으로 잡았을 때, 이성민은 에레브리사로부터 숲에 대한 정보를 사들였다.

귀명은 잠자는 숲에서 만날 수 있는 가장 빠른 위협이다. 숲의 초입에서 들리는 귀명은 성인이라면 가벼운 현기증을 일으키고 어린아이라면 정신을 잃게 만든다.

그리고 숲이 깊어질수록 귀명은 강해진다. 초입을 지나면 성인도 정신을 잃게 하여 쓰러지게 만든다.

그리고 그 쓰러진 시체는, 숲에서 살아가는 이들의 양식이 된다.

그렇기에 잠자는 숲은 위험하다. 어지간히 미친놈이 아니고서야 잠자는 숲에 들어가지 않는다.

이성민이 가진 전생의 기억에서도 잠자는 숲은 모두가 머리를 가로젓는 불모지의 인외마경 중 하나였다.

하지만 이성민은 거리낌 없이 앞으로 나아갔다. 귓가에 어른거리는 귀명은 거슬리기는 하였지만 이성민의 정신을 침범하지는 못했다.

이성민이 나아가는 곳은 접해보지 못한 미지였으나 그는 두려움보다는 흥미와 호기심을 느꼈다.

숲이 깊어질수록 귀명은 강해졌다.

이성민은 서두르지 않았다. 경공을 펼친다면 단번에 숲을 가로지를 수 있을지도 모르나, 이성민의 목적은 어디까지나 엔비루스를 탐색하는 것이지 숲을 지나는 것은 아니었다.

'흔적을 쫓고 싶어도…….'

이성민은 가까운 나무로 다가갔다. 잠자는 숲의 나무는 도대체 무슨 종인지 알 수 없을 만큼 흉측하게 생겼다.

혹시 나무에 흔적이 남아 있나 살피기 위해 손을 뻗었을 때,

나무 표면의 껍질이 확 하고 벌어졌다. 그 안에 보이는 것은 달팽이의 것처럼 빽빽한 이빨이었다.

이성민은 조금도 놀라지 않고서 뻗은 손으로 주먹을 쥐었다.

콰직!

이성민이 휘두른 주먹이 나무를 두 동강 냈다. 나무인지 몬스터인지. 그 알 수 없는 놈은 비명도 지르지 못하고 몸이 꺾여 뒤로 쓰러졌다.

"묘한 곳이야."

저런 몬스터는 처음 본다. 손이 물어뜯길 뻔했음에도 이성민은 그런 반응만 내비쳤다. 이런 일에 하나하나 놀라기에는 그의 정신은 너무 먼 곳에 가 있었다.

이성민은 입맛을 다시고서 나무를 지나쳤다.

그 후로도 몇 번인가 똑같은 일이 반복되었다. 갑자기 나무가 덮쳐오고, 근처의 이름 모를 잡초가 치솟아 이성민을 찌르려 들었다. 그때마다 이성민은 주먹을 휘둘러 그들을 쓰러뜨렸다.

저 새끼는 뭐야?

그런 이성민을 지켜보는 눈들이 있었다.

그들은 이성민이 숲의 초입을 지났을 때부터 그의 움직임을 살피고 있었다.

그들은 몸에 달라붙는 새카만 옷을 입고 얼굴의 반을 복면으로 가리고 있었다.

—반박귀진을 완성한 놈이야. 저런 얼굴을 한 초절정 고수가 있었나?

—나이는 이십대 초반으로 보여. 마기는 느껴지지 않는 것을 보아 사파 쪽은 아닌 것 같은데. 명문세가의 후계자인가? 아니면 구파일방의 후기지수?

그들은 대화를 나누지도 않고 전음을 나누지도 않았다. 시간마다 복용하는 비약은 귀명에게 저항하게끔 만들어주었지만 그들에게서 청각을 앗아갔다.

대신에 그들은 수화를 통해 대화를 나누고 있었다.

놈이 누구인지는 모른다. 중요한 것은 놈이 안으로 들어가고 있다는 것이다.

—우리끼리 막을 수는 없어.

—네가 가서 침입자에 대해 알려라.

이야기를 나누던 둘이 자그마한 소년을 바라보았다.

소년은 반발하기 위해 손을 휘저었다. 자신을 애 취급하지 말라는 식의 투정이었다.

"묻고 싶은 것이 있습니다만."

불쑥 목소리가 다가왔다. 하야토는 화들짝 놀라 고개를 돌렸다. 어느새 이성민은 그들이 위치한 나뭇가지의 반대편에 있는 나뭇가지 위에 올라 서 있었다.

"너무 놀라지는 마십시오. 나를 감시하고 있었던 것을 탓하려는 것이 아닙니다. 그냥……."

하야토는 이성민의 말을 끝까지 듣지 않았다. 그는 급히 허리 뒤에 두었던 비수를 뽑아 이성민에게 던졌다.

이성민은 떨떠름한 얼굴을 하고서 머리를 옆으로 기울였다.

매서운 기세로 날아가던 비수가 뒤에 있는 나무를 꿰뚫었다.

"무로이!"

하야토가 고함을 질렀다. 비약으로 인해 아무 소리도 들을 수 없었지만, 쩌렁쩌렁한 하야토의 외침에 실린 다급함은 소리를 듣지 못해도 느낄 만큼 진했다.

가장 나이가 어린 무로이가 급히 나무 아래로 몸을 날렸다.

"그러니까…… 그냥 묻고 싶은 것이 있을 뿐인데."

이성민은 그들이 소리를 듣지 못한다는 것을 알지 못하기에, 그런 식으로 중얼거렸다.

하야토가 단검을 꺼내 쥐고서 이성민에게 달려들었다. 하야토가 근접전을 펼치는 동안 쿠로마루는 빠르게 수인을 맺었다.

'이건 꽤…….'

이성민의 목젖을 노리고 단검이 날아온다. 이성민은 뒤로 훌쩍 뛰어오르며 단검을 피해냈다.

발 디딜 곳 없는 공중에서 이성민은 발을 크게 뻗었다.

쉬익!

하야토의 눈앞에서 이성민의 모습이 사라졌다. 하야토는 당황하여 주변을 둘러보았다.

여유롭게 하야토의 등 뒤로 돌아간 이성민은 손을 움직여 하야토를 점혈했다.

벼락이라도 맞은 것처럼 바르르 떨리던 하야토의 몸이 우뚝 굳었다.

"그러니까…… 나는 듣고 싶은 것이……."

이성민이 쿠로마루를 향해 말할 때, 쿠로마루의 술법이 완성되었다.

대뜸 집어 던진 부적이 확 하고 타오르더니 시뻘건 불새가 되었다.

날개를 퍼덕거리는 불새는 이성민이 붙들고 있는 하야토까지 통째로 이성민의 몸을 불태우려 들었다.

"왜 말을 안 듣는 거야?"

이성민의 눈썹이 씰룩거렸다. 그는 오른팔을 크게 휘저었다. 거센 강풍이 불새를 공중에서 흩어지게 만들었다.

놀란 쿠로마루가 재차 술법을 펼치려 했지만, 그보다 이성민의 신법이 더 빨랐다.

결국 둘은 점혈되어 이성민의 앞에 주저앉게 되었다. 이성민은 하야토가 말할 수 있도록 아혈을 풀어준 뒤에 그들의 앞에 주저앉았다.

"나는 당신들을 해할 생각이 없습니다."

이성민은 최대한 친절한 어조로 그리 말했지만, 그들은 이성민의 목소리를 듣지 못했다.

하야토가 서슬 퍼런 눈을 번뜩이더니 크게 입을 벌렸다.

"허 참."

하야토가 어금니의 독단을 씹어 부수기 전이었다. 이성민의 손이 홱 하고 뻗어져 하야토의 턱을 붙잡았다.

"사람 말을 좀 들읍시다."

이성민은 투덜거리면서 하야토의 턱관절에 손을 밀어 넣었다.

이성민은 하야토가 어금니 아래에 독단을 숨기고 있다는 것은 알지 못했다. 단지, 혀를 씹으려는 것 같아서 일단 막고 본 것이다.

"목숨은 소중한 것 아닙니까. 쉽게 버려서는 안 됩니다."

그렇게 말하면서 이성민은 턱관절을 짚은 손가락에 힘을 주었다. 하야토의 얼굴이 하얗게 질렸다.

"끄르륵!"

빠득거리는 소리와 함께 하야토의 턱관절이 뽑혔다. 이성민은 턱을 덜렁거리면서 비명을 지르는 하야토를 무시하고서 쿠로마루를 보았다.

아직 점혈이 풀리지 않은 쿠로마루는 그런 이성민을 보면서 딱딱하게 굳어버렸다.

"그냥 대화를 하고 싶을 뿐입니다."

이성민은 힘을 주어 그렇게 말한 뒤에 쿠로마루의 아혈을 풀어주었다.

"우, 우리는 소리를 들을 수 없습니다."

쿠로마루가 급히 말했다.

그 말에 이성민은 두 눈을 끔벅거리면서 하야토 쪽을 보았다. 하야토는 주저앉은 채 눈물을 뚝뚝 흘리고 있었다.

"그렇군요."

이성민은 크게 놀라지 않고서 받아들였다. 그는 가까운 곳에서 나뭇가지를 꺾어 오더니 쿠로마루의 앞에 앉았다.

"이야, 이러니까 옛날 생각나고 좋네. 몇천 년 만에 하는 것 같아."

이성민은 그렇게 중얼거리면서 환한 미소를 지었다.

쿠로마루는 그런 이성민을 보면서 오한이 들어 꿀꺽 침을 삼켰다. 아무 일 없다는 듯이 사람의 턱을 뽑더니 이제는 어린아이처럼 웃는다.

쿠로마루의 눈에 비친 이성민은 정상적인 인간과는 조금 거리가 멀어 보였다.

당신들은 누구입니까?

이성민이 바닥에 글을 적었다.

"우…… 우리는……."

쿠로마루가 뭐라고 말을 하려던 순간이었다. 이성민은 대뜸 쿠로마루의 허리를 끌어안고서 몸을 날렸다.

콰아앙!

방금까지 쿠로마루가 있던 곳으로 근육질의 거한이 떨어졌다.

땅이 움푹 파이고 주변의 나무들이 미친 듯이 요동쳤다. 만약 이성민이 쿠로마루를 감싸지 않았더라면 쿠로마루는 거한의 양발에 짓이겨져 터져 버렸을 것이다.

"이놈!"

갑작스레 출현한 거한은 쿠로마루를 향해 고함을 질렀다.

"감히 외인에게 일족에 대해 밝힐 생각이었느냐!"

그 외침에 쿠로마루의 몸이 덜덜 떨린다. 듣지는 못해도 거한의 험악한 표정이 무엇을 질책하는지는 명료했기 때문이다.

이성민은 거한을 빤히 보다가 나뭇가지를 들고 바닥에 빠르게 글자를 적었다.

저 덩치 큰 놈도 귀가 먹었습니까?

"아, 아닙니다. 저분은……."

"닥쳐라!"

거한이 고함을 질렀다. 그는 근처에서 나뒹굴고 있는 하야토를 힐긋 보았다. 안타깝게도 하야토는 거한의 발 구름에 휘말려 옆구리가 터져 내장을 쏟고 있었다.

거한은 그런 하야토를 무시하고서 홱 하니 머리를 돌려 이성민을 보았다.

"네놈이 누구인지는 모르겠으나, 이곳에 들어와 우리를 본 이상 살려둘 수는 없다!"

"귀 안 먹었으면 얘기나 조금 합시다."

이성민이 말했다. 이런 상황에서도 그는 여전히 위기감 없는 얼굴로 대화를 말하고 있었다.

2100년의 수행은, 이성민을 조금 미치게 하기에 충분했다.

어쩌면 조금 많이.

거한이 달려들었다. 그는 이성민에게서 별다른 위험이 느껴지지 않는 것만으로 이성민의 전부를 파악했다 생각하는 우를 범했다.

그것은 치명적인 일이었지만, 지금의 거한은 그 사실을 알지 못했다.

이성민은 등 뒤로 손을 넘겨 창을 잡았다.

뽑은 창을 앞으로 향했을 때, 거한은 이미 이성민의 바로 앞까지 와 있었다.

그는 바위처럼 커다란 주먹을 이성민의 몸을 향해 내리찍었다. 주먹이 정수리부터 으깨려 할 때 이성민은 몇 걸음 뒤로 물러섰다.

주먹이 떨어지는 속도보다 이성민이 움직이는 것이 더 빨랐다. 이성민은 한 손으로 잡아 앞으로 들고 있던 창을 바깥으로 돌렸다.

란의 회전에 거한의 팔이 걸렸다.

우두둑!

끔찍한 소리가 났다. 거한은 자신의 몸에 무슨 일이 일어난 것인지 알지 못했다.

다만, 우락부락한 근육으로 포장되어 있던 오른팔이 피를 뿌리며 멀리 날아가는 것만 보았다.

"귀가 안 먹었다고 하던데."

이성민이 중얼거렸다. 오른팔을 통째로 뜯어냈음에도 이성민의 표정은 무심했다. 올려다보는 눈동자는 일말의 감정도 느껴지지 않았다.

"그러니까 이야기를……."

"크으으우우!"

거한이 크게 숨을 삼켰다. 그는 고통으로 인해 벌게진 얼굴로 아랫니를 빠득 씹었다.

그러고는 몸을 크게 비틀더니 하나 남은 왼 주먹을 휘둘렀다.

주먹을 감싼 일렁거리는 기는, 거한이 절정의 벽을 뛰어넘은 고수임을 증명하고 있었다.

하지만 이성민에게 있어서 거한의 경지는 그리 대단한 것이 되지 못했다. 이성민은 혀를 차면서 창을 들었다.

그것은 순식간에 일어났다. 보이지 않을 정도로 쾌속하게 뻗어진 찌르기가 거한의 왼쪽 어깨를 꿰뚫었다.

거한은 비명보다 먼저 뒤로 날아가 나무에 처박혔다. 충격을 받은 나무가, 아니, 나무의 형상을 한 괴물이 입을 쩍 벌리더니 거한의 몸을 씹으려 들었다.

"끄아아악!"

등을 크게 물어뜯긴 거한이 비명을 지른다. 이성민은 그것을 바라보면서 앞으로 향했다. 그러자 등 뒤에서 쿠로마루가 고함을 질렀다.

"부, 부탁입니다! 장로님을 살려주십시오!"

그 외침에 이성민은 뒤를 돌아보았다. 머리를 갸웃거리는 이성민을 향해 쿠로마루가 급하게 덧붙였다.

"자, 장로님을 살려준다면…… 제가 아는 건 뭐든지 말하겠습니다."

그 말을 가만히 듣던 이성민이 잡고 있던 창으로 바닥에 글을 적었다.

이상한 말이군요. 저 남자는 당신을 죽이려고 하지 않았습니까?

"그렇다고는 해도…… 저에게 있어서는 스승과 같은 분이십니다."

사실 이성민이 여기서 쿠로마루의 말을 들어줄 필요는 없었다.

장로라는 저 거한이 죽는다고 해도, 쿠로마루를 두들겨 패서라도 원하는 답을 들을 자신은 있었기 때문이다.

하지만 이성민은 쿠로마루의 부탁을 들어주었다.

그는 나무 괴물에게 씹히던 장로의 몸을 꺼내주었고, 내친김에 상처까지 지혈해 주었다.

쿠로마루는 뜯긴 장로의 오른팔에 붕대를 감는 이성민을 겁먹은 눈으로 바라보았다. 장로는 이미 실신하여 움직이지 않고 있었다.

이제 대화나 좀 해봅시다.

이성민이 바닥에 글을 적었다.

쿠로마루는 귀명에 저항하기 위한 비약을 먹은 탓에 청각이 아직 돌아와 있지 않았기 때문에, 이성민은 귀찮게 일일이 글을 적는 것보다는 '모든 것을 말하라'고 요구했다.

덕분에 오가는 이야기는 일방적이었다. 쿠로마루가 떠들었고 이성민은 듣기만 했다.

죽은 놈의 이름은 하야토라고 했다. 하야토는 쿠로마루와 어린 시절부터 형제처럼 지내온 놈이라고 했는데, 그건 이성민이 알 바가 아니었다. 하야토를 죽인 것은 이성민이 아니기 때문이다.

거한의 이름은 노부히로. 쿠로마루와 하야토에게 어린 시절부터 무공을 가르친 스승 격인 인물이었다.

그렇다고 직전제자는 아닌 모양이었다.

'죄다 일본인이로군.'

에리아는 온갖 차원에서 이계인을 소환한다. 지구에 한국인만 있는 것은 아니니, 일본인이나 중국인부터 미국인 러시아인 등등 온갖 국가의 국민들도 에리아에 소환된다.

그렇게 소환된, '지구' 출신의 이계인은 대부분이 노 클래스다.

전부는 아니다.

김종현의 경우가 그랬던 것처럼, 지구 출신이면서도 마법 같은 이능을 익혀 소환되는 경우도 존재는 한다.

아군 하나 없는 이계에서 '국가'라는 것은 넘치는 동질감을 갖게 만든다.

비록 다른 차원이라고는 해도, 같은 국가의 인물들이 모여 세력을 구축하는 것은 드문 일은 아니었다.

전생의 이성민도 대한민국 해병대 전우회라든가 십이지신 최강 용띠 한국인이라는 이름을 가진 단체는 기억하고 있었다.

쿠로마루들은 잠자는 숲에서 살아가는 일족이며, 그들 일족은 이 숲에서 살아가며 일족의 비원을 추구하고 있다고 하였다.

비원?

이성민이 바닥에 글자를 적었다. 쿠로마루는 잠깐 망설이다가 쓰러진 노부히로를 힐긋 보았다.

겁에 질린 그 눈을 보면서 이성민은 웃는 소리를 냈다.

저 거한이 두려우면 아예 죽여줄까요?

“아, 아니. 아닙니다. 그러지 않으셔도 됩니다.”

쿠로마루가 질겁하면서 머리를 흔들었다.

“저희 일족의 비원은, 이 숲의 끝을 보는 겁니다.”

쿠로마루가 대답했다. 숲의 끝. 이성민은 미간을 찡그리면서 머리를 갸웃거렸다.

이 숲의 끝에 무엇이 있다는 겁니까?

“그건…… 저도 잘 모릅니다. 그에 대해 알고 있는 것은 저희 일족의 가주뿐입니다.”

알지도 못하면서 따르고 있다는 겁니까?

“그야…… 저희는 이 숲에서 태어나 자랐습니다. 어린 시절부터 일족의 비원을 이루어야 한다는 말을 들어왔고, 마을의 모두가 그렇습니다.”

비원에 대해서 쿠로마루는 알지 못하는 눈치였다. 이성민은 고문이라도 해볼까 싶었지만, 해봤자 별 의미가 없을 것 같아 그만두었다.

고문을 통해 정보를 캐내려 한다면 쿠로마루보다는 저기 쓰러져 있는 노부히로에게 하는 것이 좋을 것 같았다.

엔비루스를 알고 있습니까?

"그게 누구입니까?"

쿠로마루가 눈을 동그랗게 뜨면서 되물었다. 결국 이 대화를 통해 이성민이 얻은 것은 그리 많지 않았다. 이성민은 쿠로마루를 내버려 두고서 노부히로 쪽으로 다가갔다.

뺨을 몇 번 두들기자 노부히로가 번쩍 눈을 떴다.

그는 입을 쩍 벌리고 고함을 지르며 머리를 들려다가 이성민이 창준으로 어깨를 짓누르자 다시 비명을 지르며 바닥에 머리를 누였다.

"엔비루스를 알고 있습니까?"

이성민은 노부히로를 내려 보면서 물었다. 노부히로는 팔이 뜯긴 고통으로 얼굴을 일그러뜨리면서 이성민을 노려보았다.

그 순간에 노부히로는 많은 생각을 했다. 마을에서도, 일족에서도 손에 꼽히는 실력을 가진 자신이 어린아이처럼 농락되었다.

가주를 제외하고서 이런 일이 가능한 사람이 존재할 것이라고는 생각도 해본 적이 없었다.

"엔비…… 엔비루스……?"

"알고 있습니까?"

"모른다……!"

"당신네 일족이 추구하는 비원이라는 건 뭡니까. 이 숲의 끝에 무엇이 있는 겁니까."

"내가 그것을 알려줄 것 같으냐……!"

"음."

이성민은 떨떠름한 표정을 지으면서 노부히로를 내려다보았다. 잠시 노부히로를 보던 이성민은 몸을 돌려 쿠로마루에게 다가왔다.

당신네 마을은 어디에 있습니까?

"그…… 그건……."

"쿠로마루! 뭐 하는 것이냐!"

쿠로마루가 더듬거리자 노부히로가 고함을 지른다.

이성민은 그 말을 무시하면서 쿠로마루를 바라보았다. 무감정한 이성민의 눈을 보면서 쿠로마루가 입술을 잘근잘근 씹었다.

"마을은……."

쿠로마루가 입을 벌리자 노부히로가 고함을 지르면서 벌떡 일어섰다.

그는 이성민에 대한 두려움보다는 마을을 위해 몸을 날렸다. 진원진기까지 끌어올리며 필살의 심정으로 덤볐으나.

퍽!

이성민의 손안에서 창이 빙글 돌았다.

어깨 뒤로 쏘아진 창두가 노부히로의 머리를 꿰뚫었다.

쿠로마루는 어릴 적부터 무공을 가르친 마을의 장로가 머리라 터져 죽는 것을 보면서 입을 벌렸다.

공포와 분노가 뒤섞여 있었다.

어쩔 수 없었습니다.

이성민은 변명하듯이 바닥에 적었다. 내용은 변명이었지만 표정은 아니었다. 쿠로마루는 진심으로 이성민이 두려워졌다.

"아…… 안내하겠습니다."

쿠로마루가 더듬거리며 말했다.

사신을 데리고 가는 기분이었다. 쿠로마루는 걸음걸이가 자꾸 처지고 있다고 느꼈다.

실제로 그랬다. 앞으로 향하는 쿠로마루의 걸음은 평소보다 훨씬 느렸다. 그것은 쿠로마루의 등 뒤에 따라 걷는 이성민 때문이었다.

이성민은 딱히 쿠로마루를 위협하지도 않았고, 쿠로마루가 늦게 걷는 것을 탓하지도 않았다. 그렇다고는 해도 저렇게 강한 고수를, 자발적으로 마을에 데리고 간다는 것이 쿠로마루를 괴롭게 만들고 있었다.

죽은 하야토와 노부히로의 모습이 계속해서 머릿속에 맴돈다.

나도 그렇게 죽었어야 하는 것이 아닐까?

'아니, 내가 죽어도 저 남자는 마을을 찾아갔을 거야.'

아무튼 그랬을 것이다. 쿠로마루는 흔들리는 마음에 대고 그런 식으로 변명했다.

쿠로마루의 뒤를 따르면서 이성민은 생각에 잠겼다.

쿠로마루의 일족은 숫자가 그리 많지 않다. 마을 하나라고는 하지만 그 숫자가 100명도 채 안 된다고 한다. 쿠로마루네 이전 세대까지는 근친교배로 마을을 유지했고, 거듭된 근친혼으로 유전병이 발생하기 시작하자 외부에서 상대를 납치하는 식으로 마을을 유지하고 있다 하였다.

'그렇게까지 해야 할 이유는 모르겠는데.'

이성민은 진심으로 그렇게 생각했다. 근친혼과 납치까지 하면서 마을을 유지하고, 사람이 드나들지 않는 이 잠자는 숲에서 살아가는 이유.

그것은 저들 일족의 비원을 이루기 위해서라면, 그 비원이라는 것이 몇 세대에 걸쳐 몰두할 만큼 대단한 것인가?

'전생의 기억에서 이들 일족에 관한 이야기는 들은 적이 없어. 잠자는 숲의 이야기도 들은 적이 없고.'

이성민이 이 숲에 오지 않았을 때…… 라면 그렇게 된다.

그렇다면 이성민이 이 숲에 오게 되었을 때는 어떻게 되는 것일까. 이성민의 존재로 인하여, 여태까지 그랬던 것처럼 전생과 다른 사건이 벌어지게 되는 것일까.

'내가 알 바는 아니지.'

성하 도인이 죽고, 검귀를 죽였을 때 이성민은 많은 생각을 했었다.

자기 자신의 존재 때문에 죽지 않아야 할 사람이 죽었다. 나로 인해 모든 것이 엉클어지고 있다.

데니르도 말했었다. 이성민의 존재가 본래의 흐름을 망치고 있다고.

2100년 동안 많은 생각을 했다.

결론을 내렸다.

세상이 어찌 되건, 그건 이성민이 알 바가 아니었다. 이성민에게 중요한 것은 자기 자신이었다.

"도착…… 했습니다."

쿠로마루가 작은 목소리로 말했다.

마을의 입구는 조악한 목책 따위로 보호되어 있었다.

마을 사람들의 생존을 위한 텃밭 같은 것도 목책 너머로 보였다. 목책은 있었지만, 그 앞에서 경비를 서는 사람들은 보이지 않았다.

이성민은 목책을 물끄러미 보면서 잠깐 동안 고민했다.

고민이 너무 길었다. 아니, 정확하게 말하자면 이성민은 고민의 결과, 그리 해야 할 필요를 느끼지 못했다.

퍼억!

멀리서 날아온 화살이 쿠로마루의 목을 꿰뚫었다. 쿠로마루는 컥 하는 소리를 내며 입에서 피를 토했다.

그는 비틀거리며 몇 걸음 물러섰고, 뭐라고 말을 하려다가 끝내 뱉지 못하고 죽음을 맞았다.

살의를 느꼈고 공격이 올 것임도 알았다. 하지만 이성민은 쿠로마루에게 그를 언질해 주지 않았다. 따지고 보면 이성민이 쿠로마루를 보호해 줄 필요는 없었기 때문이다.

노부히로에게 쿠로마루를 보호해 주었던 것은, 쿠로마루에게 들어야 할 것이 있기 때문이 전부였다.

"같은 일족이라던데, 가차 없군."

이성민은 무덤덤한 얼굴로 말하면서 창을 꺼냈다.

조금 호기심이 들었다. 저렇게까지 외인에게 적대적인 마을 사람들이 이루고자 하는 일족의 비원이 무엇인지, 그리고 왜 엔비루스가 이 숲에 온 것인지.

'이곳까지 오는 데 들인 수고를 보답 받을 수 있으면 좋겠

는데.'

이성민은 그렇게 생각하며 호신강기를 끌어올렸다.

to be continued